玻璃天使

周淑屏

玻璃天使
作者／周淑屏
策劃編輯／周淑屏
協力編輯／羅詠恩
美術設計／陳詩韻
插圖／王彬鈺
出版發行／突破出版社
香港沙田亞公角山路 33 號突破青年村
電話：2632 0000　傳真：2632 0388
電郵：breakthrough@breakthrough.org.hk
網址：http://www.breakthrough.org.hk
http://www.btproduct.com
承印／陽光（彩美）印刷有限公司
2019 年 3 月初版 1 刷
2021 年 10 月初版 2 刷

In My Life
by Chow Suk-ping
First Printing, First Edition, March 2019
Second Printing, First Edition, October 2021

Printed in Hong Kong
ISBN 978-988-8562-04-6

本書採用環保油墨印刷

成長文學

目　錄

1 音樂盒

匆忙之間，我只買了一個簡單的玻璃音樂盒，它沒有華麗的外衣與裝飾，只有小樽著名的、晶瑩通透的玻璃，包裹着音樂盒的機芯和零件。從玻璃盒子看進去，可以見到上鏈之後的金屬零件在轉動，而隨着金屬鍵轉動，響起了《鐵達尼號》電影主題曲的音樂聲。

天使思凡蛋糕屋的生意已經上了軌道，每天客人很多，都是在附近上班的中環白領。

「告訴大家，蛋糕屋在這個月開始收支平衡了！」Michael在股東大會上宣佈。

所謂股東大會，其實只是思凡、阿東、Michael、姬兒和永恆幾個朋友的聚會，每一次，都是聊天、分享，加一點兒公事、正事。

「只開張了四個月，便可以收支平衡，是很好的成績了。這可要多得Michael，他用大企業家的經營方法來管理這小小的蛋糕屋；還要多得姬兒，她肯花掉本來用於嬉戲、享樂的時間，來幫忙打理這家店；還有，永恆的宣傳點子，找來小劇團每個星期六的晚上在店外演出街頭劇，成功招徠了不少客人……」阿東跟大家說。

「還得多謝你自己和思凡，你們這兩位男女主人充滿波折的愛情故事，也是招徠客人、讓客人津津樂道的極好宣傳點子啊！」永恆這樣說。

「我們這樣的好朋友，不用再客客套套地互相道謝吧！來啊！我們來分享我們的股息——Mango Mousse Cake一個！」思凡捧着蛋糕走過來，對他們說。

「這個蛋糕切多少份？要根據我們股東每人佔多少股份來分嗎？」永恆問。

「不，不用，按照大家的胃容量來分好了。」思凡邊說邊又忙着去拿刀叉和碟子。

眾人坐定之後，由大廚師阿東切蛋糕、分配蛋糕，阿東邊切蛋糕邊說：

「不知道是否太着急了點，如果天使思凡蛋糕屋站穩了，我真希望可以快點開多些分店。楊牧師告訴我，監獄牧養團契的洗車屋的生意不大好，可能要關門，如果糕餅店生意好，多開幾間分店，便可以讓多點像我一樣自監獄出來的新生人士有工作……」

每一個人聽了這番話，也被阿東對同病相憐的人的關懷所感動。

「那麼，我們就趁今晚商討一下開分店的事吧！」永恆提議。

「說起開分店，我和姬兒倒有個新提議！」Michael 凝望着姬兒，對大家說。

「新提議？是什麼？快說來聽聽！」大家急不及待。

「姬兒看見蛋糕屋的生意好，也跟我談起過開分店的事，我的意見是，與其一間一間分店的擴張，不如早一點從大處着眼——天使思凡蛋糕屋這一帶的中環地段，其實是很有旅遊發展潛力的，只是，這裏不錯食肆是很多，卻沒有吸引遊客的主題；而前幾天，我們看了一個有關北海道小樽的旅遊節目，想到如果在中環電動扶梯旁這幾條街道上，有像小樽那裏一間間的音樂盒店子，售賣各式美輪美奐的音樂盒，這對遊客很有吸引力啊！而且，這地區的氣氛，與音樂盒的情調也很配合！」

阿東、思凡、永恆三個人幾乎齊聲叫好。

「音樂盒，太好了……我也看過一些關於小樽的旅遊書，也被那些音樂盒吸引着。」思凡說。

「有主題就最好了！在這條街上，有來自蛋糕的香味，有來自音樂盒的美妙聲音，還有來自話劇的視覺魅力，這一切，定能吸引遊客啊！」永恆說。

「可是，這個構思太偉大，千頭萬緒，我們從何開始？」阿東首先想到實際問題。

「我已想好了。」Michael 是有備而來的，他打開帶來的 Notebook，姬兒為他按亮了屏幕，找出一個檔案。

「其實這一帶有許多舖子也是屬於這間店的業主——我那位朋友的，地舖有四、五個，二、三樓的店子也有七、八個，我可以跟他商量，用來開不同形式、主題的音樂盒店子，或許是音樂盒加糕餅店加書店的舖子。資本方面，我和他的財力加起來，該是沒問題的；再加上阿東的手藝、永恆的宣傳點子、思凡的觸覺和細心，我想我們一定能成功的！」

眾人聽了，都聚精會神地看着 Notebook 的屏幕，那上面有蛋糕屋位處街上的店舖分佈圖，再看下幾頁，是各店舖的開舖計劃與投資額。

「Michael，真感謝你做了那麼多！」阿東由衷感謝。

「怎麼感謝我？我也是計劃的一分子，還需要你們的努力和配合。」Michael 謙讓。

「計劃既然有了初步構思，那麼下一步我們該怎樣？」思凡問。

「下一步，讓我來分配工作好嗎？」Michael 徵詢各人意見，大家一致贊成。

「永恆有搞話劇的經驗，應該常會和政府的文藝康樂部門打交道吧！請你和政府的旅遊發展局、康文署那邊聯絡一下，看看他們會不會支持這個計劃，而我們又可以怎樣和他們合作。」Michael 指揮若定，永恆聞言說了一聲：「好的！」

「阿東當然是負責構思糕餅店的運作；思凡則負責構思有關書店、音樂盒店子和糕餅店的有機結合，姬兒她自己也很喜歡音樂盒的，就由她調查一下香港的女孩子對音樂盒的意見與品味吧！」Michael 說得有條不紊。

「那你呢？就像我們的總司令……」思凡說。

「不，我也要展開工作。我將到小樽十天至半個月，看看那邊音樂盒店子的情況，參考他們的運作模式，如果可能的話，或許可以和那邊的店主合作。」Michael 說。

「太好了，一切你已安排得這麼妥善，我們一點也不用擔心了。」阿東說。

「怎麼不用擔心？ Michael 只說自己去小樽，那不是丟下姬兒一個在香港？你們沒發覺姬兒這個晚上一句話也沒說過嗎？她該是捨不得和 Michael 分開吧？」永恆少有的細心觀察。

他說起來，阿東和思凡才猛然醒覺，姬兒這個晚上真的沒說過話。

「不是的，我早和姬兒說過，這一次去，主要是商業上的洽談與往還，我怕會悶壞她，我先去一趟，發現有哪裏好玩的，下一趟才帶她一起去玩個痛快吧！」Michael 看着姬兒，深情地說。

「依我看，姬兒不是捨不得和 Michael 分開，她只是在學習做 Michael 背後乖乖的女人吧！」思凡取笑姬兒。

姬兒白思凡一眼，只道：「吃喝玩樂的事兒我才在行，做生意的事，由 Michael 去辦好了。別投訴我沒開腔，我也是有備而來的。看，我早知你們會同意 Michael 的計劃，我已帶了紅酒來，準備一起預祝計劃成功。」

姬兒說着，拿出她帶來的兩瓶紅酒。

「好的，用 Mango Mousse Cake 送紅酒！」永恆說。

思凡拿來杯子，姬兒給各人斟紅酒。

「預祝音樂盒加糕餅店的計劃成功！」姬兒說。

「希望 —— 這也能為香港人帶來就業機會，帶來更多商機，並且帶來好運！」Michael 語重心長。

說完，五個人一起，舉杯、碰杯、乾杯。

在 Michael 離開香港、出發去小樽的第二天，有點心事的姬兒約了永恆在一間酒吧見面。

姬兒似乎對這間以藍色為主調的酒吧很欣賞。在這間酒吧裏喝酒，就如置身海洋之中。

這間酒吧，叫「海洋之心」。

姬兒與永恆碰杯，喝了一口 Tequila，她說：「真難得你這神學生肯跟我在酒吧喝酒。」

「也難得你肯和我在沒有骰盅玩，沒有煙霧瀰漫，沒有喧天叫囂的酒吧，喝喝談談。」永恆說。

「這間酒吧真有難得的清靜，是個喝喝談淡的好地方啊！其實我已經很少去酒吧了。」

「是為了 Michael 吧？那是應該的。」

「不只是為了他……還有，他的媽媽、他的女兒……，真要命！」姬兒大口大口地喝 Tequila，「想不到，向姬兒要淪落到在討好一個男人之餘，還要討好他的媽媽、他的……好可悲啊！」

「聽思凡說，他們也很有教養、很易相處的啊！」永恆不解。

「他們跟思凡易相處，不代表跟我也易相處呀！而且他們都視思凡為好媳婦、好媽媽的藍本，我這種型號他們接受不了！」姬兒有點沮喪。

「你是哪一種型號？」永恆好奇。

「總之不是良家婦女的型號，也許，在 Aunt Jess 眼中，是自甘墮落型、不知自愛型吧！」

「這是你自己想的吧？她有這麼說過嗎？」

「她說的，比我所想的更加不堪，她甚至找過私家偵探調查我！」

「她找私家偵探調查你？」

「對啊！而且不止一個，她找過三個私家偵探，昨天，她約我去喝下午茶，一坐下來，便扔給我三個文件夾，對我說：『向小姐 —— 這三個厚厚的文件夾都是關於你的 —— 第一個，是和你有交往的男男女女的記錄，其中，算得上是正經人家的，只佔十分之一；第二個，是和你有過親密關係的男男女女的記錄，很厲害，和你有過交往的男女竟佔了四分之一和你有過不正當關係！至於準確數字，不提也罷，我說起來也覺羞恥，但是，你也許會為這種記錄而感到光榮吧！』」

「真過分，她竟說這種話，這些都是以前的事了。」永恒有點憤慨。姬兒看見他這樣子感到欣喜，因為，永恒是把她看成好朋友才會這樣為好朋友受委屈而憤慨；過去，永恒是只在談起思凡所受的委屈的時候，才會有這種反應的。

姬兒喝一口酒，淡淡的說道：「那第二個文件夾，的確是厚了一點，更糟糕的是，其中有大半數人我連他們的模樣也忘記了。翻了翻文件夾，我氣定神閒的對她說：『請你留意，在我跟 Michael 一起的那天以後，再沒有新的個案，這不是已足夠了嗎？』」

「說得好！ Aunt Jess 聽了怎麼說？」永恒追問。

「她扔給我第三個文件夾，說：『最要命的是這個！』我打開文件夾一看，那是我的病歷檔案，她說：『你這種濫交的人，根據外國的醫學統計，罹患愛滋病的機會是百分之

13.33；你可以說，你現在不是帶菌者呀！但請你看看下面的幾頁，你自小患有白血病，這是鐵一般的事實了吧？你的病復發的機會是百分之 36.66；還有，少年時和你一起患有此症的好朋友小韻，不是因為這個病死了嗎？』我聽了她這些話，真是怒不可遏！」

「換了我是你也會一樣，這是你的私隱嘛！她怎可以這樣不尊重人！你大可以不必理會她，跟 Michael 說清楚好了。」永恆說得義憤填膺。

「可是，她接下來說的話，令我無言以對。她說：『向小姐，你也知道 Michael 的太太是因為 SARS 死的，一起枉死的，還有她肚裏六個月大的孩子。向小姐，Michael 和念恩再經不起這樣的打擊了。不瞞你說，奕之來波士頓住的時候，我也找私家偵探查過她，她的健康是沒問題的，所以我很放心，可是她的突然離開令 Michael 陷於絕望的深淵，他表面上雖然沒什麼，因為他是一個愛把感情隱藏、很為他人設想的孩子，可是，他的心痛，他的感受 —— 我這個母親是知道的。看到他心痛，我更心痛。向小姐，請你明白我作為母親的心情，我知道自己的兒子再承受不起這樣的打擊。我也是為了保護自己的兒子，才找人調查你的。』」

「想不到 Aunt Jess 是個厲害角色，對你來個軟硬兼施！你不要就範啊！我心目中的向姬兒不是這麼容易認輸的！」永恆說得真誠。

聽到永恆說「我心目中的向姬兒不是這麼容易認輸的！」這句話，姬兒感到前些日子以來自己對永恆的關愛，一點也沒有白費，他是一個很值得交的朋友。

「可是，Aunt Jess 也不無道理，她只是為了 Michael 着想，才要令我知難而退。我的病是有機會復發的，我也不想再讓 Michael 傷心……」姬兒說着，有點黯然，她現在才發覺，從前的不羈、瀟灑，是因為了無牽掛，想不到，找到真正相愛的人，會令人多了許多牽掛許多糾纏，每一個步伐，也變得沉重；每一個呼吸，也更深沉。

「只有傻瓜才會這樣想，我們每天跑上街，也有可能被車輾斃，被掉下來的花盆砸死，難道因為這樣，我們便不去愛嗎？生命並不操控在我們的手上，可是，這當下，真愛卻在你的手裏，令我們失去生命的機會多的是，然而，讓我們得到真愛的機會卻不多呀！」

聽了永恆的話，姬兒有豁然開朗的感覺。

「那我該怎麼辦？」姬兒一向我行我素，她從來沒向人問過這樣的問題。

「你應承了 Aunt Jess 離開 Michael ？」永恆反問。

姬兒在沉思，永恆卻急不及待往下說：

「應承了也要反悔，這種承諾信守不得，你快找她說清楚！」

「說清楚什麼？」

「告訴她你對 Michael 永遠堅定、百折不回，請她放下對你的成見！」

「這麼直接？」

「姬兒，你向來不就是這麼直截了當的人嗎？心裏想着什麼，要把握機會說出來，憋在心裏會腐壞掉，變成蛔蟲！」

「你這是怪論，不合乎醫學常識的。你當時對思凡表白，也是抱着這樣的心情吧？」

永恆聽了，苦笑着說：「也是多得你把我罵醒了，還記得嗎？你罵我是一個敢愛不敢認的人，所以，我在明知道思凡不會選擇我的情況下，仍抱着萬分之一的機會去找她說清楚。雖然被拒絕了，但我沒有後悔，因為我給了自己一個答案，我給了讀中五、中七時那個對思凡心儀的自己一個交代。我實在不想背負着由那時到現在也不敢尋求答案的心情，更不想一直背負下去。姬兒，我知道你會有足夠勇氣的。Aunt Jess 這麼愛兒子，該是一個能明白愛的人。」

「能明白愛的人？」姬兒在沉吟。

「對，用你的勇氣將這個反對你們相愛的人，變成支持你們的人吧！」

永恆說完，舉起杯來與姬兒的酒杯大力一碰，姬兒感到從永恆那裏傳來了無盡的力量與勇氣。

兩天後，姬兒起牀的時候看到窗外陽光充沛，她感到自

己充滿勇氣。

就在這個充滿勇氣的下午，她把 Aunt Jess 約了出來。

還是在上次那間高尚的餐廳。

坐下不久，Aunt Jess 呷一口「豪門伯爵」奶茶，然後問姬兒：「怎麼樣？快點入正題吧！你反悔了，是嗎？」

「反悔？我並沒有跟你承諾過什麼。」

「你那次聽完我的話後低頭不語，不是已默許不再跟 Michael 在一起了嗎？」

「我低頭不語，只是在思考你的話。」

「你反悔，是因為你捨不得我們的錢，還是你覺得和 Michael 還沒玩夠，不甘心？」Aunt Jess 説得不客氣。

「Aunt Jess，我根本沒承諾過什麼，所以談不上是反悔！」

「那你約我出來幹什麼？」Aunt Jess 差點想站起來離開。

「我想你知道我的誠意 —— 我要跟 Michael 在一起、令他快樂的誠意！」

「你可以怎樣讓我知道？」

「首先，請你明白，每一個人也會死，就算沒有白血病的人，也可能會因為種種意外而死亡，例如車禍、火災、天災……」

聽了車禍、火災、天災的話，Aunt Jess 有點黯然、有點軟化了。

「已是這麼大年紀的人了，我當然明白人生有種種的不幸、意外，這不用你這個年輕女孩跟我解釋，人間的離離合合我已見過許多了。」

Aunt Jess 其實只有五十三、四歲，而她的容貌比她的實際年齡年輕，看上去只有四十一、二歲，不像一個飽歷滄桑的人。

「那麼，Aunt Jess 你該明白，人間的意外與離合，也不能阻撓我們抓住真愛，對嗎？」姬兒是看到 Aunt Jess 剛才那一

剎的黯然，才靈機一觸地對她說這樣的話。

「好吧！就算你的話說得過去，那麼，你要怎樣向我證明你有令 Michael 快樂的誠意？」

「馬上就可以開始證明。要令 Michael 快樂，也要令他身邊的人快樂，特別是他的母親大人，對不？ Michael 去了日本，念恩又要上學，Auntie 一定沒人陪了，對不？從今天起，我可以任由差遣、任勞任怨。」

姬兒其實是一個很懂得哄人、很會逗人歡喜的女孩。

「任由差遣、任勞任怨？你不用趁 Michael 不在，和朋友蒲夜店玩個痛快嗎？」

「Auntie，和 Michael 一起以後，我已經沒有去那些地方玩了，這是真的，那些私家偵探沒告訴過你嗎？」

「可是，陪我這老人家四處去很悶的啊！你不要後悔才好！」

「私家偵探沒告訴過你，我這人是不務正業的嗎？除了回蛋糕屋打點一下之外，我每天是很清閒的，就讓我跟着Auntie，學習一下怎樣做良家婦女吧！」

聽到「良家婦女」幾個字，Aunt Jess 笑了起來。

「如果你可以跟我跑一個星期而不怕悶的話，我就仔細鑑證一下你的誠意吧！」

「OK，我是真金不怕洪爐火的，歡迎考驗！」姬兒說。

「想不到你這種前衛的女孩，也懂『真金不怕洪爐火』的話啊！」說着這話的時候，Aunt Jess 又陷入了沉思。

往後幾天，姬兒貼身跟着 Aunt Jess 到處跑。

Aunt Jess 每天午飯之後，就會去 Shopping，可是，她去逛的，都是金舖。

已經是第三日了，還是去金舖？姬兒開始懷疑，Aunt Jess

是不是有心考驗她，要讓她知難而退？

前天去旺角，昨天去尖沙咀，今天去灣仔，Aunt Jess 似乎是有計劃地每天去一個地區的金舖，難道她要去齊全香港每一個區的金舖令姬兒疲於奔命？

可是，她每一次在每一間店子裏選購的時候，都是那麼認真、專注的，一點都不像是要耍弄、刁難姬兒。

到每一間店裏，她都沒有看鑽石、金鏈，就只是看金鏈墜。

「有沒有心形的牌子鏈墜？上面要刻上字的。」

每一趟，Aunt Jess 到了店子坐下來，都總是這麼說。

然後，待店員把一盤盤金飾拿出來讓她挑的時候，Aunt Jess 會仔細地看鏈墜上面所刻的字，還有上面的圖案；除了看，她還會用手指去感受上面那圖形的質感，對於金的成色、售價等，她卻沒有過問。

姬兒留意到，每次 Aunt Jess 看中了某個鏈墜的時候，她臉上都會泛起充滿盼望的神色，可是，在仔細看完，用手指摩挲完之後，她臉上的表情，卻又會由充滿盼望變成失望，眉心微蹙，雙目低垂。因為留意到這些表情，姬兒相信 Aunt Jess 並不是在耍她，她反而覺得，這是 Aunt Jess 跟她分享心路歷程的開始。

Michael 在 6 月 15 日到達日本北海道的小樽。

到達的時候已近黃昏，他先到小樽運河附近走一走。

晚上，回到酒店，洗了澡，Michael 坐在書桌旁邊，看到桌上放了幾張旅客用的明信片。

他看着明信片，打算每天晚上回到酒店，也將當天的所見所聞、感受與心情，寫在明信片上。但他不打算直接將明信片寄回香港給姬兒，而是一天天儲起來，待回到香港的時候，才一併給她看。

在小樽的頭一天，Michael 給姬兒的明信片，寫上了這樣的文字 ——

姬兒：

小樽是一個寧謐的城市，今天，它如平常一樣，下着小雨。小雨為這個寧靜的城市加添了點聲音，而且，為它蓋上了一層薄紗。

小樽這名字，原來的意思是「砂岸中的河」。從前，這裏是一個繁忙的港口，小樽運河也是一條商船來往的運河。可是，後來這個商業重鎮沒落了，而小樽運河，也一併被冷落了。

然而，聰明的小樽市民令它變成了一個美麗的旅遊城市，他們把往日用來存放貨物的倉庫改建成餐廳、音樂盒店和玻璃工藝品店，又用古雅的汽油燈裝飾這裏的街道。

小樽運河也不再寂寞了。在運河旁的行人步行道上，有古董馬車供遊客乘坐，河岸又被藝術家進駐了，有畫家、小提琴家和結他手，我剛才在河邊散步的時候，有一位老小提琴家正在演奏電影《鐵達尼號》的主題曲。

姬兒，如果你在我身旁，和我一起在運河畔散步，和我並肩聽着這小提琴樂曲多好！

我沒忘記小樽的音樂盒，雖然只是來這裏的第一天，我已急不及待去尋找音樂盒店。

走到色內通，許多店子都快關門了，我央求「海鳴樓」的老闆娘讓我進去買一個音樂盒。

由於沒有太多時間去挑選，匆忙之間，我只買了一個簡單的玻璃音樂盒，它沒有華麗的外衣與裝飾，只有小樽著名的、晶瑩通透的玻璃，包裹着音樂盒的機芯和零件。從玻璃盒子看進去，可以見到上鏈之後的金屬零件在轉動，而隨着金屬鍵轉動，響起了《鐵達尼號》電影主題曲的音樂聲。

不錯，這是我特別為你挑選的，我知道你也很喜歡這首樂曲。

我決定從今天起，每天在小樽的音樂盒店子給你買一個音樂盒，那代表我對你的思念。

姬兒，想念你。

Michael

2　小鏈墜

我在「小樽音樂盒堂」為你買來了一個仿照十八世紀歐洲貴族首飾盒設計的音樂盒，盒上的玫瑰紅色襯在金光燦爛之中，洋溢着古典的浪漫。

音樂盒的樂曲是很久以前一齣叫《時光倒流七十年》的電影主題曲音樂 *Somewhere In Time*，我想你會喜歡的。

姬兒數算過，她跟着 Aunt Jess 已去過八個區共二十三間金飾店，她對 Aunt Jess 不是存心要她、測試她的耐性的信心又動搖了。

今天，還是去金飾店。

她對每天要十時起牀和 Aunt Jess 吃早餐，然後去金飾店，而在午飯之後，又去金飾店，再在附近的 Cafe 吃過下午茶之後，還是去金飾店的行程，已經厭倦了。

而且，Aunt Jess 專挑舊式的金飾舖，幾乎是百年老店的才去，那些地方根本沒有姬兒喜愛的飾物款式，這不是存心跟姬兒過不去、要考驗她的忍耐力嗎？

姬兒已經幾天沒有回天使思凡蛋糕屋了，其實她寧願由朝到晚都窩在蛋糕屋裏，這總比跟着 Aunt Jess 到處亂鑽好。她開始後悔對 Aunt Jess 作過用陪她來顯示自己對 Michael 的誠意的許諾。

「怎麼？累了嗎？」這天下午，Aunt Jess 問姬兒。

姬兒沒答話，Aunt Jess 鑑貌辨色，道：「那麼明天不用跟來了吧！我自己一個人出來可以了。」

「Auntie，究竟你要找什麼？可以告訴我嗎？」姬兒禁不住問。

「找到了便告訴你！」Aunt Jess 淡然道。

雖然不得要領，但姬兒還是決定陪 Aunt Jess 跑這一天，至於明天是否還和她在一起，明天再算吧！也許，Aunt Jess 今天就找到她要找的東西呢！

她們今天鑽的是元朗區的金飾店，這是一家老字號的金舖。

Aunt Jess 還是那一句：「有沒有心形的牌子鏈墜？上面要刻上字的。」

老店員拿出幾盤鏈墜來給 Aunt Jess 挑，她逐一細看，卻沒有合意的。

「太太，你想找的，我想是舊式的鏈墜吧？現在我們不再售賣那些刻了字的鏈墜了，就算有人拿舊式的鏈墜來賣，我們

也只會融掉它造新的。」

Aunt Jess 聽了，好生失望。

「也許，你到隔鄰兩條街那間賣古舊金飾、玉器的店子找找吧！」店員提議。

「對啊！怎麼我沒想過，那麼舊款式的鏈墜，怎麼還能在這些售賣新打造金飾的店子找到？只有在那些專賣舊金飾的地方才有機會找到吧！」

聽了這些話，姬兒也因有了點頭緒而欣喜。

她和 Aunt Jess 走過兩條街，看見一家古舊飾品店。

Aunt Jess 又重複問那一句話，店員翻了許久，才找出兩個有點變色的金鏈墜來。

「心形的，就只有這兩個了。」

Aunt Jess 小心翼翼地拿起其中一個端詳着，鏈墜的前面刻了一、兩朵花兒，上面寫着「快樂」兩個字。Aunt Jess 的眼睛射出光芒，拿着鏈墜的手也微顫起來。

她急急翻到後面，看見是雀鳥的圖案，臉上馬上呈現出失望的神色。

「是一雙燕子，不是兩個仙桃……」Aunt Jess 呢喃着。

「兩個仙桃？那就沒有了，燕子的圖案不是一樣好看嗎？」店員絮絮不休。

姬兒看到 Aunt Jess 的眼眸裏泛着淚光，不知該怎樣安慰她。

Aunt Jess 幽幽地問：「那麼這個鏈墜賣多少錢？」

「二千八百元吧！」店員道。

「他是看準了你想要這個鏈墜，才開天殺價的！這麼輕的鏈墜才不值這個價錢。」姬兒看不過眼。

「你這年輕的女孩懂什麼？這是古舊的東西，現在買不到的了，當然值錢。你就當孝順母親，給母親買下吧！」店員爭辯。

「姬兒，別爭拗了，二千八百元算什麼！」

Aunt Jess 抹乾淚水，付了款後，便和姬兒離開店子。

之後，她們在一家鄉村俱樂部喝下午茶。

「Auntie，如果我沒有猜錯，你要找的那個鏈墜，其中一面也是刻上『快樂』兩個字的嗎？」

「對啊！可是後面刻的圖案，是兩個仙桃。」Aunt Jess 説着，沉緬於回憶中。

「姬兒，要聽故事嗎？」Aunt Jess 問。

姬兒微笑着點頭。

「你要不怕悶才好。」Aunt Jess 説。

姬兒再點頭。

Aunt Jess 生於五十年代的香港，家裏開了幾家金舖，還兼營打金工場。那時，Aunt Jess 的名字叫張海澄。

張海澄沒有兄弟，只有一個姊姊，但姊姊沒有她的聰明、漂亮，沒有她那麼受父母寵愛，那時的海澄，是萬千寵愛在一身的千金小姐。

讀中學時海澄出落得標致，圓大、閃亮的眼睛，配上天生微鬈的長髮，加上不錯的家勢，令她成為男同學追逐的對象。

其中一個叫陳國邦的男孩子，由中二開始已經圍在海澄身邊團團轉。他父親是個銀行大班，家勢比海澄的家還要顯赫，陳、張兩家有着生意往還的良好關係。

海澄的爸爸常對她說：「如果陳家沒什麼大變故，中學畢業之後，你就嫁給國邦吧！」

海澄從沒把父親的話當作認真的，她照舊放縱玩樂，根本沒有想過那麼早便結婚。

快要中學畢業那一年，她為了逃避父親催婚，忽然嚷着

要到金舖幫手。

「女孩子都是要出嫁的，嫁了以後就相夫教子。我們又不用你賺錢養家，你到金舖裏拋頭露面幹嘛？」父親搶白。

「讀了這麼多書，這就去嫁人，不是太可惜了嗎？好歹也要找份工作去上班，這年頭，我的許多女同學也去找工作幫補家計了。」海澄據理力爭。

「我們又不用你養家，我嫁你爸之前也沒有出去工作呀！」海澄的母親說。

「不是養家不養家的問題，我想到外面見識一下呀！不想一畢業就嫁人去，這你們明白嗎？」海澄說着，發急起來。

看見父母親也沒反應，她撒起野來：「說到金舖去幫手已是作了讓步的了，如果爸爸不應承，我就到外面找工作去！我有這麼多好同學，不相信他們不可以為我找到一份半份工作的。」

「外面的社會那麼複雜，出去工作就更不好了！」母親連忙阻止：「爸爸，你就讓她到金舖幫忙打點吧！」

「讓女兒去金舖做店員，我的臉要往哪兒放？」父親還是反對。

「你就讓着她一點吧！反正她也只是嚷着玩的，相信她上班不到一星期，就會因為辛苦而逃回家裏來了。」母親幫口。

「你這真是慈母多敗兒！不能總是驕縱着她呀！只好這樣，你到店裏幫忙收錢、算賬吧！」父親皺着眉説。

「好，好，多謝爸爸，我什麼工作也願意做，只要你不逼着我去嫁人……」海澄的臉上是莫名的欣喜。

兩個星期之後，海澄開始到父親的其中一家金舖幫忙。起初幾天，她看到各式客人、多種多樣的金飾，是興味盎然的，可是，一星期之後，她已感到整天呆在店子裏沉悶不堪了。

看見悶得坐也不是、站也不是的海澄，老店員王伯對她提議：「二小姐，你呆在這裏這樣悶，不如跟我去打金工場看看吧！」

「好啊！我跟你去！」海澄聽了，高興得馬上站起來，跟

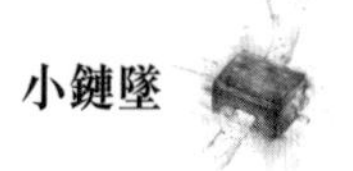

着王伯出去。

打金工場在土瓜灣一座小樓房內，因為工廠內有煉金的烘爐，令工場裏悶熱難熬，所以許多打金工人也脫光了衣服，赤裸着上身幹活。

不過，其中有一個膚色黝黑的青年，卻還是穿着一件汗衣，他叫范志琛。工場的人説，無論工場裏面怎樣的悶熱，他也是不會脱掉上衣幹活的。

「王伯你真是的，竟帶二小姐來這裏，這裏又熱又髒，其實是不適合二小姐來的。你看，工人們都是赤着膊工作的，讓二小姐看見了多難為情。」管工匡叔邊帶海澄進工場，邊對王伯抱怨。

海澄進了工場，看見這麼多赤裸上身、汗流浹背的工人，臉上不禁刷地紅了起來。發窘的她，在慌亂中把視線移向一個穿了汗衣的工人身上。

那個穿了白色汗衣、膚色黝黑的工人，有着黑白分明的眼睛、英挺的鼻樑，海澄發現，他的唇邊有兩個很深的酒渦，他笑起來一定很好看。雖然在這麼髒的工場工作，弄得汗流浹背，可是，他身上的汗衣卻是那麼潔白，看得出，汗衣經過太多的洗濯已經有點破，然而它還是那麼一絲不苟地潔白。海澄猜得出，汗衣的主人也必定是那麼一個一絲不苟的人。

他眉宇間隱藏的那股傲氣，和那潔白的上衣相映成趣。

看見這麼漂亮、有氣質、衣着華麗的年輕女孩子走進來，每一個男工人的目光，都不自覺地投向海澄，而且久久也不願移開。這些人中，當然也包括了范志琛。

他和她的目光接觸，兩個人的臉孔同時發燙。當眾人都已回復了常態後，他們兩個人仍怔怔地凝視着對方。志琛良久才醒覺過來，慌忙把目光移開，海澄發覺，目光移開之後，他臉上那有點冷的傲氣又回來了。

「我可以看看工友們在打造什麼嗎？」海澄問匡叔。

「當然可以，二小姐。」匡叔邊說邊帶海澄走近志琛旁邊的工人。

「怎麼這些鏈墜上全是刻着雙喜字樣的？有刻其他字的

嗎？」海澄拿起幾乎一式一樣的鏈墜來看。

「這些都是打造來給客人在結婚、嫁娶時用的，婚宴送禮的人喜歡買這個呀！」匡叔解說。

「怎麼都只是『囍』字呢？不一定是結婚才可以送金飾呀！鏈墜上刻上『快樂』、『健康』等字樣，這樣人們便也可以在日常買來送禮了。」

海澄說着的時候，志琛停下手中的工作看着她，似乎，他也同意海澄的話。

兩個人的目光再度相接，不知是不是爐火太熊，海澄感到臉上又火燙起來。

這天之後，海澄三天兩日便往工場裏鑽，她對父母說自己對金飾設計很有興趣，要為父親的金舖設計金飾式樣。

她對打金的過程也似乎很感興趣，到了工場，總是每事問。

說來有趣，自從她去過工場之後，男工人們都穿上汗衣來幹活，但海澄還是覺得志琛的那件汗衣最潔白、最好看。

一天，當她走近去看工人們打造金飾時，發現由志琛打造的鏈墜裏面，其中有一個竟刻上了「快樂」的字樣。

「快樂？」海澄叫了起來。

志琛只沉默地對她一笑。

他笑起來，唇邊的兩個酒渦很深、很好看。

海澄正想再問他什麼的時候，匡叔走過來了，他看着海澄手中的鏈墜，發急地責問：「阿琛，我們正趕製『雙喜』的鏈墜，為什麼你竟自把自為，在鏈墜上刻起其他字來？刻錯了字，你的人工賠得起嗎？」

看見志琛被責備發窘的樣子，海澄連忙解圍：

「匡叔，你不要罵他，這是我叫他刻的，我想造個這樣的鏈墜來送給自己。」

「啊！是二小姐吩咐的，那我怪錯人了。二小姐吩咐的當

然沒問題，阿琛你要打醒精神，為二小姐造好一點啊！」匡叔的臉色變得和緩起來。

匡叔走開之後，志琛看着海澄，露出感激的笑容，海澄為他臉上那兩個好看的酒渦而心跳加速。

工場裏實在悶熱，有些時候，海澄會吩咐人買來生果，讓工人們解渴，工人們都稱讚二小姐體恤他們，又沒架子。

這天，海澄買來了桃子，她還洗乾淨親自拿給工人，當她拿到志琛身邊的時候，志琛伸出手來接，兩個人的手碰到了，兩張臉又刷地漲紅起來。

困窘過後，志琛不忘對海澄說：「謝謝。」

下班之前，海澄又貪玩地去看工人們打造好的金飾，當走到志琛身邊的時候，她問他：

「『快樂』的背後是什麼？」

志琛拿起鏈墜，反過來給海澄看，海澄看到，「快樂」的背面是兩個雕刻得漂亮的桃子。

海澄喜出望外，志琛柔聲地對她說：「這是送給你的，我已請匡叔在我的人工裏扣了價錢。他說因為是我自己打造的，所以只收金價，不收手工錢。」

看着鏈墜，海澄感動得說不出話來，這可要花上志琛半個月的薪金啊！

「這就是你要找的那個鏈墜的由來了嗎？」

姬兒的問題，把 Aunt Jess 從回憶中喚回來。

她黯然頷首。

「可是，偏偏找不到。」

「為什麼？對於這麼珍惜的東西，你不可能沒有好好保存呀！」

「後來，我把鏈墜還給他了。」

「還給他？為什麼？」

此際 Aunt Jess 的眼眶裏凝滿了淚水，姬兒不忍心追問下去。

「今天很累了，明天你來我家裏，我再告訴你吧！」回憶彷彿令 Aunt Jess 費盡了所有力氣。

Michael 在小樽的第二天，造訪了許多音樂盒店子，跟許多人洽談過合作的事宜，到了晚上，他已很累了。

回酒店途中，他在「Mycal 商場」外，看見一座色彩燦爛的摩天輪。

Michael 被它吸引，坐了上去，一個人在摩天輪上欣賞小樽的夜景。

回到酒店，他給姬兒的明信片上寫着 ——

姬兒：

今夜，我一個人坐在摩天輪上掛念你。

在摩天輪上往下看，小樽的夜色很迷人，可是，再迷人也及不上你，不及你讓我醉倒。

在這座五十八米高的摩天輪上，裝飾着璀璨的燈光，很漂亮。

下一次，一定和你來看，和你一起坐上去，我便不會像今天這般寂寞了。

姬兒，你記得《幸福摩天輪》這首歌嗎？此刻，我哼着這首歌的調子，在想念你，在想着怎樣令你幸福。

我沒有忘記為你買音樂盒。

今天，我在「小樽音樂盒堂」為你買來一個仿照十八世紀歐洲貴族首飾盒設計的音樂盒，盒上的玫瑰紅色襯在金光燦爛之中，洋溢着古典的浪漫。音樂盒的樂曲是很久以前一齣叫《時光倒流七十年》的電影主題曲音樂 *Somewhere In Time*，我想你會喜歡的。

這夜，這首樂曲伴我入眠，多希望陪伴我的——是你。

Michael

3　摩天輪

我在「小樽音樂盒博物館」裏，竟發現了摩天輪音樂盒，外形跟我昨天坐過的摩天輪一模一樣！你看見了也一定會驚喜的，我會把色彩繽紛的摩天輪帶回來給你。

音樂呢？不是《幸福摩天輪》那首音樂，而是西村由紀江的 *Heartwarming Time*。

姬兒不是第一次去 Michael 的家，可是這天，她卻感到這華麗的房子裏滿是哀愁。

念恩上學去了，傭人幫姬兒倒了茶之後，就躲在廚房裏沒出來，也許，她也察覺到女主人今天有點不妥吧！

姬兒來了，但 Aunt Jess 還是沉默着，她只好說：「假如你不想把故事說下去的話，別勉強。跑了這許多天，Auntie 也該累了，今天好好休息吧！我改天再來看你。」

「不，」Aunt Jess 阻止，「是我邀你來的，怎可以這樣讓你走。我知道，你會是個很好的聽眾，是嗎？姬兒。」

Aunt Jess 拍拍身旁的沙發，讓姬兒坐到她身邊來。

她呷一口茶，長長吁出一口氣，說：「真想在說故事的時候，可以隨着故事回到那段日子裏去啊！」

海澄沒想到，自己和志琛竟可以藉着桃子和鏈墜上的字來傳情，他倆互相有點感覺、有了感情，她是知道的。

隨着她對打金工場的運作愈來愈熟稔，她和他的感情也與日俱增。

有時，因為趕工，志琛要留下來加班的時候，海澄也會故意留下來陪他。

這天，只有志琛一個人加班，只有海澄和他在一起。

向來沉默的他今天多了話。

「我不是不知道你是千金小姐，我只是個小工匠，我們中間的距離很大；也不是不知道你身邊有個和你家勢相當、對你很好的男孩子，可是，我不會放棄，不會退縮，因為我知道，只要我努力，一定可以令你快樂。」

海澄很同意他的話，其實，只要看見他的笑容、他的酒渦，她已經樂上半天。

「我已經開始儲錢。」志琛說。

「儲錢？」

「對，我知道自己窮，我要多儲點錢。」

「儲錢來幹嘛？」海澄問，吃用不缺的她從來不明白錢的重要性。

「將來——假如我們可以在一起是需要錢的。」他說到這裏，臉漲紅起來。

海澄聽了，也臉紅了。

「在一起？我們沒有錢也可以在一起呀！」她說。

「真的嗎？我們可以在一起？」

「嗯。爸、媽也許會反對，可是，我從來不怕，只要我堅持，他們一定會聽我的。」

「可是，我們在一起生活真的要有錢，總不能讓你父母為了你和一個窮光蛋在一起而憂心。」志琛堅持。

「那要多少才足夠？不要讓我等到老了掉光了牙。」海澄說。

「從上個月開始，每個月我儲一個金鏈墜……」

「每個月儲一個金鏈墜？」

「對啊！買一個金鏈墜的金，用去了我半個月的薪金，剩下來的一半，除了給家裏的，我會省吃儉用的了。在每一個金鏈墜上面，我會刻上『快樂』字樣和仙桃圖案，那代表了我們的感情。」

海澄聽了很感動，她不忍心讓志琛為了她而難為自己，她關切地問：「那要儲多少個金鏈墜才夠？」

「二十個。」

「二十個？那不是要花兩年嗎？」

「二十個月就可以了，如果我多加點班，加上年終的雙糧，也許，十八個月就足夠了。」

「十八個月，也要一年半呀！這麼長的時間，不怕中間有什麼變化嗎？」

「不會的，只要我們明白對方的心，堅持下去。」志琛語氣堅定。

海澄還是不太明白，為什麼要為了那一點點錢而苦等十八個月，她沉默了一會，之後，解下胸前的項鏈，除下那個志琛送給她的心形鏈墜，對他說：「這個，還給你了。」

「為什麼？」志琛驚問。

「你有多一個鏈墜，我便可以少等一個月。」海澄傻氣地說。

「但，這是我送給你的，這代表了我希望你快樂的祝福。」

「志琛，你就是我的快樂。求你收回它，讓我可以少等一個月吧！」

在海澄苦苦哀求之下，志琛收回了那個鏈墜。

十五個月過去了，在志琛加倍地努力工作、加倍地省吃儉用之下，他儲到了十九個鏈墜，在這個月發薪水的那一天，他就可以買第二十個鏈墜了。

他要給海澄二十倍的快樂、幸福。

匡叔也知道志琛和海澄的事，兩人懇求他為他們隱瞞，別告訴海澄的父母。

在宿舍裏，當志琛在偷看儲起來的十九個金鏈墜的時候，給匡叔看到了，他只好把為了和海澄在一起而儲二十個鏈墜的事告訴了匡叔。

匡叔取笑了他幾句之後，就走開了。

志琛沒想到，兩天之後，匡叔會把這件事告訴海澄。

海澄知道志琛比預期快儲夠了那二十個鏈墜，喜出望外，她故意問志琛：

「這些日子以來，你儲到了多少個鏈墜？」

「現在不告訴你，總之，儲夠了那天，一定馬上告訴你。」志琛故作神秘。

「不告訴我，當心我等不及你儲夠了二十個，就跟別人跑了。」

「跟誰跑了？」志琛問的時候，聽到王伯在找海澄。

「二小姐，你看，我又把陳少爺帶來了，自從他知道你來了工場幫手之後，便三天兩日來金舖央我帶他來看你，他對你真細心啊！」

海澄看出去，陳國邦真的來了。他為了多些機會接近海澄，這陣子來了許多次。

「你說的，是他嗎？」志琛問。

看得出來，他是在嫉妒。

「志琛，你在嫉妒他！」海澄說。

「才不會，他那種富家子弟，才跟你相配呢！我？這種一窮二白的小工匠，有什麼資格妒忌？」

志琛臉色沉了，他嘴唇旁邊的酒渦不見了。

「對啊！再等你一個月，一個月之後你還儲不到二十個鏈墜的話，我就跟他跑。」海澄聽到匡叔說志琛在這個月便儲夠二十個鏈墜，但志琛卻不肯承認，所以，故意拿這些話氣他。

「海澄，你說的話是真的嗎？你和他——這個和你一樣含着銀匙出生的富家子……」志琛的臉色更難看了。

「當然是真的，等了一年多了，再等下去也太累，記住啊！這個月還儲不夠，我就跟他在一起。」海澄聽了志琛的話，也有點惱怒，不自覺地把話說得過了頭。

他們不知道，因為幾句賭氣的話，會讓他們的感情起了翻天覆地的變化。

那天晚上，志琛回到宿舍，發現牀下那十九個金鏈墜不見了。

是哪個工友偷了的？他不敢追問。自從工場裏的人知道

他和海澄要好起來，都對他冷嘲熱諷，說他是貪求富貴、妄想做闊駙馬。這一次，金鏈墜失去了，沒贓沒證的，他能怪誰？能向誰追討？

在極度沮喪之中，他想起了今天海澄的話，就算她說的只是賭氣的話，不是真心的，如今鏈墜全丟掉了，他還有什麼臉見她？還有什麼理由要她等下去？

他對自己能讓海澄幸福、快樂的信心失去了，和自己比較，那個陳國邦該更能讓她幸福吧！

他想起有一個表叔在馬來西亞，上一次他回香港時，曾叫自己去他那間位於檳城的餐館幫手，說可以給他在香港工作的雙倍人工。那時候因為海澄，志琛沒想過要去。可是，如今萬念俱灰，不如到那邊拚搏一、兩年吧！假如海澄今天的話不是出自真心的，那麼，待他儲夠錢之後，他可以回來找她，但假如她今天的話是真的，就讓她跟那個陳國邦在一起，找到她應有的幸福吧！

決定了之後，志琛收拾行裝，給海澄寫了一張字條，央匡叔交給她。

字條上寫着：「海澄：假如你今天說的話不是真的，假如你還不介意等我，我兩年之後一定會回來，在餘生為帶給你快樂而努力！志琛」

可是志琛不會想到，海澄根本沒有看到這張紙條，匡叔根本沒有交給她。

大廳裏一片昏暗，Aunt Jess 沒發覺，說完大半個故事，已是接近黃昏了。

「Auntie，那後來呢？後來怎樣？」姬兒問。

「志琛無緣無故失蹤了，我能夠怎樣？他這麼狠心丟下我，竟沒對我留下過半句話。」

說起三十多年前的舊事，Aunt Jess 還是不能平靜。

「可是，他寫下過字條央匡叔交給你的。」姬兒說。

「這是我許多年後才知道的。」

「匡叔為什麼不把字條交給你？難道是他把志琛的鏈墜偷了的，他作賊心虛？」

「你猜對了一半……」

「可是，Auntie 是怎樣知道真相的？是匡叔後來良心發現？」

「不，沒有人良心發現，相反，是在二十多年後，一個人為了刺激我而告訴我的。」

「那是誰？」

「Michael 的父親。」

「Michael 的父親？」姬兒給弄糊塗了，「Michael 的父親跟這件事情有什麼關係？」

「Michael 的父親就是陳國邦。八年前，他病危的時候，對我說出了真相。」

陳國邦在纏綿病榻半年、知道自己已沒多少日子之後，有一天，向海澄懺悔：

「海澄，我有一件心事未了，想請你幫忙。」

「你說吧！我一定會為你辦到的。」海澄說。

「請你應承，無論你怎樣恨我，也要為我辦這件事。」他說的時候，聲音在顫抖。

「我為什麼要恨你？」

「你會的。」

「你先說要我為你做什麼吧！」

「我想請你為我照顧一個女孩子。」

「女孩子？」

「她今年十歲，住在加拿大……」

「她是誰？為什麼要我代你照顧她？」

「因為，她是我的女兒，是我和另一個女人生的，可是，她的母親在兩年前死了。」

海澄沒想到自己聽了這些話之後會如此鎮定。

「海澄，就算你恨我，也請你好好待她，她是無辜的，而且，她即將成為孤兒。」

「好的，我代你照顧她。」

「你不恨我嗎？」

「不，她的母親已經死了，而且，你也病成這樣。」

「不！你不恨我，因為你根本不愛我！」陳國邦突然激動起來。

「因為我一直知道你不愛我，我才會和她母親在一起的。

在結婚的時候，我以為，可以用真心去感動你，誰知，你到了我死的一天，仍沒愛過我。」

「國邦……」

「你只是愛他，那個范志琛！」

海澄驚訝於他還記得志琛的名字。

「你別胡思亂想吧！那已是很久以前的事了，他沒留下一句話就丟下我走了，我怎會還愛他？」

「不，他留下過説話給你的，他叫你等他回來，只是，匡叔沒把他寫的那張字條交給你。」

「匡叔？他為什麼要這樣做？」海澄聽到這些話，比她知道丈夫在外面和別的女人生了女兒還要震驚。

「是我叫他這樣做的。」

「你叫他的？」

「我還叫他把范志琛儲起來的十九個金鏈墜偷走，范志琛也是因為這樣，才離開你走到馬來西亞的！」

「匡叔偷了志琛的鏈墜？志琛去了馬來西亞？這一切都是真的？」

「都是真的，我死了，你可以到馬來西亞找他了吧！」

「你為什麼要告訴我？你不怕我因為恨你而不為你照顧那女孩子嗎？」

「不怕了。我的人還未死，但心已死了。當我看見你聽到我在外面有女人，還生下了女兒的事，卻還這麼鎮定的時候，我知道你根本從來沒愛過我，這是我一生最大的遺憾，我做了這麼多虧心事才得到的女人，竟然從沒愛過我！我要帶着遺憾離去，你也要為着因為誤會失去所愛而抱憾終身！范志琛不是不愛你，只是，你沒等他而嫁了給我。是你辜負了他，而不是他辜負了你！」

「陳國邦，你怎可以這樣對我！」

這是海澄跟陳國邦説的最後一句話。

「Auntie，在 Michael 的爸爸死了以後，你有沒有去馬來西亞找范志琛？」姬兒問 Aunt Jess。

「沒有，那麼多年了，那時我已經四十多歲，我想，他該也結婚生子，有自己的家庭了。」Aunt Jess 答。

「沒想到，這故事會這樣結束。」姬兒感喟。

「不，這故事還沒有結束。」

「還沒結束？」

「我和 Michael 在他父親死了之後回到香港，在香港，我竟和范志琛重遇了。」

「你和他重遇了？」姬兒興奮起來。

「把故事說下去，還需要很多心力和體力。我餓了、累了，我們先吃飯，明天我到蛋糕屋找你，再把未完的故事說下

去吧！」Aunt Jess 說

姬兒無可奈何地點頭。

姬兒因為聽到 Aunt Jess 重遇范志琛而驚喜，想不到，這天，身在小樽的 Michael 也遇上了令他驚喜的事。

Michael 路過摩天輪附近的「Mycal 商場」的時候，在堺町的「味攻雪糕屋」內，買了一杯墨魚味的軟雪糕，味道有點怪，但 Michael 多希望可以和姬兒一起品嚐他人生裏嚐到的每一種味道。

回到酒店之後，Michael 興致勃勃地給姬兒寫明信片。

姬兒：

今天吃到一種墨魚味的軟雪糕，雖然味道有點怪，可卻很希望可以和你一起品嚐。

今天，有一個驚喜給你。

我在「小樽音樂盒博物館」裏，竟發現了摩天輪音樂盒，外形跟我昨天坐過的摩天輪一模一樣！你看見了也一定會驚喜的，我會把色彩繽紛的摩天輪帶回來給你。

音樂呢？不是《幸福摩天輪》那首音樂，而是西村由紀江的 *Heartwarming Time*，你會喜歡的。

一個人在旅途的心情，也有點 up and down，可是，一想到你，我還是感到幸福的。

Michael

4　萬花筒

我在「小樽音樂盒堂」，發現了一個很精美的萬花筒音樂盒——它整個是金色的，包裹着音樂盒芯的方盒子上面，有一個小萬花筒，眼睛從筒上的小孔看進去，可以看見五彩繽紛的萬千景象。這個音樂盒的樂曲竟是韓國歌曲 *I Believe*。邊聽音樂邊看萬花筒裏的萬千變化，這萬千變化，不就像我們的人生麼？有苦、有甜、有悲、有喜。

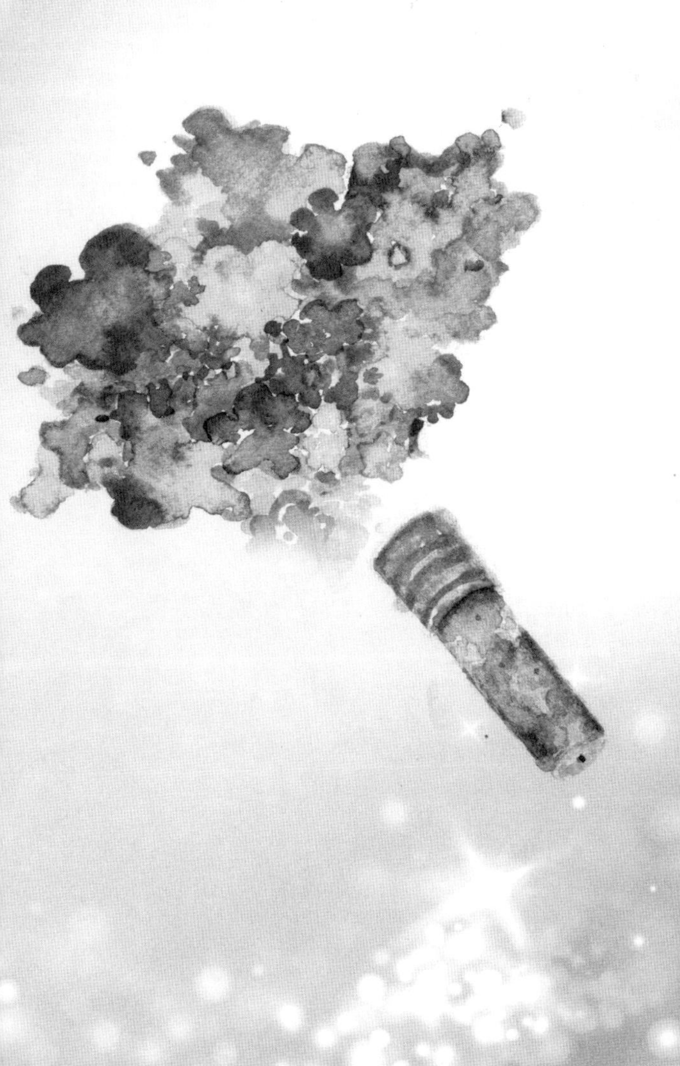

久別重逢，該是一件讓人喜悅的事吧！可是有時，並不如此。

姬兒為 Aunt Jess 添了咖啡，再端上一件 Blue Berry Mousse Cake。

「我吃不下。」Aunt Jess 說。

「吃吧！吃了 Blue Berry Mousse Cake 會讓人快樂。」姬兒說。

「這有什麼根據？」Aunt Jess 問。

「阿東做的每一件蛋糕也會使人快樂，你看見思凡這麼快樂還胖了點就知道了。」

「好吧！我吃一點。」Aunt Jess 說。

「Aunt Jess，久別重逢，不是會讓人快樂、讓人增添食量的嗎？」

Aunt Jess 放下咖啡杯，感喟良久。

「Aunt Jess ……」姬兒知道自己也許説錯了什麼。

「那次重遇……」Aunt Jess 長長吁一口氣，緩緩道出。

八年前，在 Michael 的父親死後，Michael 舉家由美國遷居香港。

Aunt Jess 回港後的生活平淡而無聊，某天，她心血來潮，跑了一趟金舖，想看看香港現在的金舖跟那時父親所開的有什麼分別。金舖的年輕售貨員殷勤地招呼這位貴氣的太太，Aunt Jess 忽然想起當年那個鏈墜來，她問店員：

「有沒有心形的牌子鏈墜？上面要刻上字的。」

「太太，那該是五、六十年代的舊款式了，讓我問問主任。」店員走了幾步，向店內揚聲：「琛叔，我們有心形刻了字的鏈墜嗎？」

店內跑出一個架上眼鏡的男子來，邊走邊問：「刻了字的心形鏈墜？那是幾十年前的款式了，刻了什麼字的？」

當他跑出來站在 Aunt Jess 面前的時候，Aunt Jess 說：

「是刻上『快樂』兩個字的。」

「快樂？」男子呢喃着，抬起頭，看着 Aunt Jess，呆了。

「海澄……你是海澄嗎？」

「你……是志琛……」

二十多年不見的兩個人，面面相覷，不知道該從哪兒說起。

他們找了間咖啡店坐下來。

「二十年前，我帶着二十個刻了『快樂』兩字的鏈墜，滿懷希望的由馬來西亞回到香港，可是，已經找不到你了，店裏的人說，你已經跟丈夫去了美國。」

「對，我跟着那個欺騙了我二十多年的丈夫去了美國。」

Aunt Jess 對他說出了二十多年前陳國邦叫匡叔偷去他那十九個金鏈墜，又藏起了他給她的字條的事。

「怎會是這樣的……」他不無唏噓。

「都已經是二十多前的事了，多少恩恩怨怨，都該消散。我們來談談近況吧！」Aunt Jess 只好說。

范志琛告訴她，他返香港之後，沒再回到馬來西亞而且一直沒結婚。

因為范志琛還要回去工作，所以他們沒談多久。Aunt Jess 記得當他們道別的時候，她在他淺笑的唇邊，再看到那兩個令她魂牽夢縈的酒渦——事隔二十年，他臉上有深深的歲月痕迹，而那酒渦，也顯得更深邃了。

此後，Aunt Jess 常常到金舖找志琛喝茶，他休假時也會約她午膳。

在某個中午的茶敍，Aunt Jess 問他：「志琛，那二十個心

形鏈墜還在嗎？」

「還在……」

Aunt Jess 感動，淚水不由自主地簌簌掉下來。

「海澄，都過去了。」他說。

「都過去了？」Aunt Jess 的淚更多。

「都過去了，喚不回了，我打算把那二十個鏈墜融掉。」

「融掉？不太可惜嗎？不留下來作紀念嗎？」Aunt Jess 發急地問，她還想再見到那些鏈墜。

「新時代，一切都該變成新的了，我打算將那二十個鏈墜都融掉，再打造些新的鏈墜，我的手藝該還未生疏吧！」

「打造些新的？」

「對，打造二十個新的，再送給你。海澄，你記得那時候我的許諾嗎？」

「記得。」

「那麼，讓這些新的鏈墜、鏈墜上刻上的新字，見證我們歷久彌新、從沒變改的許諾，好嗎？」

雖然，世事已有太多的變遷，可是，看見志琛臉上那兩個給歲月鐫鏤得深刻的酒渦，她不忍心拒絕。

她微笑頷首。

Aunt Jess沒想到，到了最後，她還是未能看見那些鏈墜。

「為什麼？為什麼沒有見到那些鏈墜？是他沒有打造新的鏈墜？還是他沒有把鏈墜送給你？」姬兒追問。

Aunt Jess 搖頭，有一滴、兩滴淚水掉在 Blue Berry Mousse Cake 上。

「那是因為……1996 年 11 月發生的那件事……」Aunt Jess 黯然神傷。

1996 年 11 月 20 日那天，香港人莫不黯然神傷。

油麻地嘉利大廈發生了香港近半世紀以來最嚴重的五級大火，大火焚燒了二十一個小時，釀成四十人死亡、近百人受傷的慘劇。

事發時，嘉利大廈的電梯正進行維修，維修工人在燒焊時，火舌燃着了電梯槽的雜物，引起了火災。火舌沿着電梯槽向上蔓延，釀成大廈底三層與高層發生大火。

這場緊扣每個香港人心弦的大火，焚燒了二十一個小時後才被救熄。無數香港人從電視直播中，看見一個個耐不住大火燃燒引起的熱度的人跳樓逃生，卻一個個摔下慘死；也看見有更多人被活活燒死在裏面。

整個火場，恍如人間煉獄，當消防員進入火場的時候，被眼前的景象嚇呆了，甚至有一名消防員，在救火時不慎墮下電梯槽而殉職。

嘉利大廈內多是辦公室和醫務所，在火場發現的屍體中，部分分佈在大廈的各個樓層，而其中十七具屍體，是在大廈十五樓某珠寶金行的會計部及電腦資訊部內被發現的。由於保安理由，這珠寶金行的會計部及資訊部均使用電閘出入，而在大火發生時，因為電力停頓，令職員不能及時逃生。

Aunt Jess 從電視新聞中知道嘉利大廈發生大火，也聞說范志琛工作的那間珠寶金行也在這大廈內設有辦公室，可是她想：「志琛是金行的門市職員，該不會在那辦公室裏面的。」

可是，她仍然放心不下，她打電話到店裏去問，店裏的人竟告訴她：「下午，琛叔去了會計部那邊⋯⋯」

Aunt Jess 整日坐在電視機旁邊，傍晚，她從電視直播中，看見一個熟悉的身影，一個男人在嘉利大廈十五樓的窗沿伸出一塊紅布來求救，他身後滿是黑黑的濃煙——Aunt Jess 感到那身影跟志琛的身形很像。

畫面中看見消防員架起雲梯，伸至大廈的高層，救出大廈左邊幾個站在單位窗外冷氣機架上的人；可是，當雲梯移到大廈的右邊時，剛才那個揮動紅布的身影，已經被無情的煙火吞沒了。

第二天早上，雙眼紅腫的 Aunt Jess 路過報攤，看見某報章的頭版，刊登出一幅觸目驚心的圖像，相片中有一個火人在窗邊搖晃，那人手上，仍拿着一塊紅布。

她不忍細看，崩堤般的淚水模糊了眼睛。

再堅硬的金屬也會在洪洪的烈火中融掉，何況是人？

她沒有勇氣看報章上刊出的大火傷亡者名單，只是，從那天起，她沒再見到范志琛。

「Aunt Jess ……」姬兒輕拍 Aunt Jess 的肩膊，不懂説什麼話來安慰她。

待 Aunt Jess 的淚痕乾了，姬兒才壯着膽子輕聲問：

「Aunt Jess，你沒有查證過琛叔是否在嘉利大火傷亡者的名單內？」

「他已沒有再出現了，還查證什麼？」Aunt Jess 黯然道。

姬兒不明白，那麼深愛着一個人，為什麼兩次他不辭而別，她也沒有查證清楚？

難道，深愛一個人時，反而會令人失去面對現實的勇氣？

幾天後，姬兒路過嘉利大廈，還感受到嗖嗖的寒氣。

她心血來潮，跑到中央圖書館去找有關嘉利大廈大火的資料，在十樓的參考圖書館裏，找到一本叫《嘉利大廈大火災後報告》的書。

姬兒快速地翻開書的第一百零九頁 —— 查看火災的罹難人士名單。

在這次大火悲劇中，有四十人死亡，包括一名因掉進電梯槽而殉職的消防隊員，其餘三十九名死者，全部伏屍於大廈頂三層的辦公室內，其中，單是作為金行辦公室的 1501 至 1507 室，已發現有二十二人死亡。

大廈的十五樓僅有五名生還者，全都是在逃生時掉下或跌下毗鄰大廈的天台而獲救的，其餘的人，都因為吸入過量濃煙而死亡。

其實，在火警發生的初時，即約在下午四時四十分，已經有從金行會計部離開的員工，看見電梯槽起火，那名員工到達隔鄰的金行大廈的時候，便馬上打電話告訴嘉利大廈辦公室裏的同事發生了火警。可是，因為那幾天嘉利大廈常因為電梯維修要燒焊而產生微煙，所以辦公室裏的同事已習以為常，不以為意。然而，五分鐘之後，辦公室裏便有同事致電給他，告訴他單位外已濃煙密佈、逃生無門了。

姬兒先查看書中「附錄十七」所列出的受傷人士名單，仔細看過後，她沒發現范志琛的名字。她戰戰兢兢地翻到「附錄十八」—— 死亡人士名單，她快速掃視，不情願地看到了「范志琛」三個字……

闔上書，姬兒馬上乘計程車到嘉利大廈旁的金行大廈。她想，換作是自己，雖然證實了心愛的人已死，可是，心裏仍想知道關於他死前的一切呀！雖然，他死前的驚怖與痛苦已是必然的事實，但她仍會勇敢地去面對。

計程車停在金行大廈前面，姬兒冒昧地走進大廈內的會計部辦公室，找那位在報告書中提及的姓林的會計主任。

「這位小姐，來找我是因為……」

「林先生，我們是不認識的，我只想找你問一些問題……」

「問一些問題？」

「關於嘉利大廈大火的問題。」

「嘉利大廈大火？那件慘事，已沒有人想再提起了。小姐，你是記者？」

「不，我有一位長輩，她的好朋友在大火裏面罹難了。」

「那為什麼你現在才來問？人都死了，時間都過去這麼久了。」

「林先生，請你回答我幾個問題，這只會花你幾分鐘。你認識一個叫范志琛的人嗎？」

「琛叔？他……他也在大火中遇上了不幸。」

「在大火那天，你見過他嗎？他在那天做過什麼？他是否就是在十五樓窗前揮動紅布的那個男人？」

「嗯。」林先生默然點頭。

「我們都在電視上看到他求救，可是，消防員來不及救他，他當時揮動的，並不是紅布，而是一個裝金飾的紅布袋……」

「裝金飾的紅布袋？」

「對呀！那是琛叔用來存放金飾的布袋，他把它放在會計部，讓在那裏工作的姪女為他保管。」

「在大火之中，紅布袋竟沒有燒掉？」

「沒有，其實辦公室裏的損毀不太嚴重。辦公室裏的人，都是吸入濃煙致死的，不是燒死的。琛叔死前，他把布袋給了姪女，她後來從窗口跳下去逃生，奇蹟地獲救了。」

「布袋裏有什麼？」

「我不知道，這可要問他的姪女了。」

「他的姪女？也是在這裏工作的嗎？」

「對！」

「我可以見她嗎？」

五分鐘之後，范志琛的姪女范楚翹出現在姬兒面前。

姬兒將范志琛和張海澄的故事告訴了她。

范楚翹聽了之後，長長吁出一口大氣，她跑回辦公室，拿來了一個紅布袋。

「這是三叔生前死命保護的紅布袋，這裏面……」

她把布袋遞給姬兒。

姬兒打開布袋，裏面全是金澄澄的心形鏈墜，姬兒拿出

其中一個來看，鏈墜的一面，是兩個仙桃，而另一面，刻着「珍惜快樂」四個字。

姬兒默然數算起鏈墜來，一共，有十九個。

「還是十九個……」姬兒感歎。

「對了！三叔曾說，他在往後的兩天便有空打造那第二十個的了。」范楚翹說時，淚凝於睫。

「打造夠了二十個，就可以拿去送給張海澄。」

姬兒說完這話，兩人同時沉默起來，不再說話。

當姬兒把這十九個鏈墜拿給 Aunt Jess 的時候，Aunt Jess 邊看身體邊強烈顫抖。

「Aunt Jess，聽琛叔的話，珍惜快樂，你還有 Michael、念恩和我。」

Aunt Jess 捉着姬兒的手，激動得說不出半句話。

良久，姬兒問她：「Aunt Jess，我還要問一個問題，Michael的妹妹——那個在加拿大的女孩現在怎樣？算起來，她大概只比我小四、五年⋯⋯」

「我沒有失信，我有為國邦照顧她，而且，找人把她接來了香港，給她供書教學，只是，我沒有見過她。」

「Aunt Jess，你會去見她嗎？」

「嗯！」Aunt Jess默然點頭，「改天，你可以陪我去見見她嗎？」

「可以的。」姬兒頷首。

Michael這天去了小樽的「北一硝子館」和「北一硝子工房」。

「北一硝子館」是小樽一間歷史悠久的玻璃店，售賣不同

款式、年代的玻璃精品。

「北一硝子館」樓高兩層，地下那層售賣現代設計的玻璃精品，二樓則分為兩部分，一部分是售賣傳統的日式玻璃器皿，另一部分是售賣古典的西式玻璃精品。

從「北一硝子館」出來，Michael 又鑽進了「北一硝子工房」。

「北一硝子工房」同樣是售賣玻璃精品的店，以燈飾為主，工房的三樓有個「體驗工房」，讓遊客學習製造一些小型的玻璃製品。

Michael 在「北一硝子工房」逗留了一整個下午，他像小學生學做勞作那樣，在「體驗工房」裏學習造玻璃玩意兒。

從「北一硝子工房」出來，他又到了「小樽音樂盒堂」，在那裏逗留了一會，為姬兒挑選音樂盒。晚上，他回到酒店寫明信片給姬兒。

姬兒：

今天，我去了「北一硝子館」和「北一硝子工房」，那裏的玻璃製品很美。

你不會想到，我還在「北一硝子工房」的「體驗工房」裏像小學生一般，學造玻璃製品。

你不會猜到我造了什麼的，當我回到香港，你便可以看到我的製成品。

沒有忘記每天為你買一個音樂盒的諾言。我在「小樽音樂盒堂」，發現了一個很精美的萬花筒音樂盒，它整個是金色的，包裹着音樂盒芯的方盒子上面，有一個小萬花筒，眼睛從筒上的小孔看進去，可以看見五彩繽紛的萬千景象。

這個音樂盒的樂曲竟是韓國歌曲 *I Believe*。邊聽音樂邊看萬花筒裏的萬千變化。這萬千變化，不就像我們的人生麼？有苦、有甜、有悲、有喜。

不過，在人生中遇上你，我從萬花筒看進去，只看到繽紛的愛的色彩。

掛念你的 Michael

5　玻璃天使

我請她為我挑一個音樂盒，她拿了一個玻璃天使音樂盒給我。

天使的上身和雙翼也是以純銀製成，而下身穿的裙子則是由玻璃造成的。

想不到，純銀和玻璃，竟是一個絕妙的組合！

音樂盒的樂音有如敲擊盛了水的玻璃器皿一般，清脆優美；至於樂曲，是 Ace of Base 的 *Angel Eyes*，那不是和玻璃天使很相襯嗎？

陳芷芫是一個中七學生，在沙田一間中學讀書。

自讀中一時由加拿大來香港開始，她一直被一個陌生人照顧着，住在一個陌生的地方，入讀一間陌生的學校。

她聽説，她在美國的父親死了，是他死前委託人把她從加拿大接來香港的。

至於，為什麼要她由加拿大來香港？她可不知道。她只知道，她不能一個人在加拿大生活，當時只有十歲的她養活不了自己。

她一直想知道，把她接來香港的是什麼人？一直照顧自己的是一個怎樣的人？

是一個像「長腿叔叔」的先生？還是一位善心的太太？

從前，這一切她無從過問，但今天，按月給她生活費的那人告訴她將會見到養活她的人。

陳芷芫戰戰兢兢，張張皇皇。

在學校門外，Aunt Jess 懇求：「姬兒，可以幫我一個忙嗎？」

「可以，那是什麼？」

「告訴那女孩，你是養育她的人。」

「為什麼？」

「如果讓她知道那是我，恐怕她會由追查而得知自己是一個私生女，這會讓她不好過。」

「不……你們是她在世上僅有的親人，你可以說是她的半個媽媽，而 Michael 是她的同父異母哥哥，而且她還有一個小姪女念恩。」

「不……我還不想讓 Michael 知道，請你為我保守這個秘密。」Aunt Jess 說得認真。

「為什麼？芷芫有權知道，Michael 也有權知道。」姬兒爭辯。

「不要讓上一代的複雜、混亂延續到下一代吧！」Aunt Jess堅持，「總之，在這個階段，我不想讓他們知道，可以嗎？姬兒。不然，我會很後悔把這個故事告訴你，很後悔曾那麼信任你……」

「OK，Aunt Jess。」姬兒無奈，「可是，我該告訴她你是誰？」

「說是一個陪你來看她的Auntie吧！說我是你的媽媽也可以，反正，你很快就會成為我的半個女兒了。」Aunt Jess說時，親切地拉着姬兒的手。

「還有，我該如何告訴她，我為什麼要照顧她？她只比我年輕幾歲。」姬兒再問。

「告訴她，她的爸爸是一個曾對你很好的世伯好了！說你是代事務繁忙的父母照顧故人之女好了！」

Aunt Jess似乎擅長編故事。

「嗯。」姬兒無奈點頭。

下課鈴聲響起，學生陸續從學校門口步出，拿着相片端詳的 Aunt Jess 向前一指，說：「這就是她。」

陳芷芫比相片中人瘦弱許多，她是一個很清秀但也很單薄、瘦弱的女孩，尖尖的下巴上面，似乎只剩下一雙大眼睛。

「她很瘦 —— 」姬兒道。

「她有病。」Aunt Jess 說。

「她有病？是什麼病？」姬兒問。

「遲一點再告訴你吧！」Aunt Jess 答。

女孩走近時，姬兒親切地迎上去。

「芷芫！」

看見年輕漂亮的姬兒，芷芫呆了半晌。

「你……是那位照顧我的人？」

「嗯。」姬兒點頭。

「沒想到，會是一個這麼年輕、漂亮的姐姐……」

「芷芫也出乎意料地比相片中的人漂亮、清秀許多呀！」姬兒笑着説。

Aunt Jess 只是怔怔地看着芷芫，此刻，她百感交集。

「芷芫，這是 Aunt Jess，一位陪我來看你的好心 Auntie。」姬兒説着，朝 Aunt Jess 佻皮一笑。

「Auntie，你好。」芷芫禮貌地跟 Aunt Jess 打招呼。

「你好。」Aunt Jess 答應。初次見面，芷芫給 Aunt Jess 的印象不錯。

姬兒和 Aunt Jess 帶芷芫到沙田一間酒店吃晚飯。芷芫的話不多，卻是三句之中有兩句是對姬兒表達謝意的。

姬兒感到芷芫很可憐，如果不是在一個極困難、孤立的環境中長大，她不會這樣怯怯生生、戰戰兢兢的。

晚飯後，她們送芷芫回家，那個站在門外已感到裏面冷冰冰的家。

臨別的時候，芷芫叫住姬兒，對她說：

「姬兒姐姐，我快要預科畢業了，我可以去找工作養活自己，不用再麻煩你了。」

「不，芷芫，你一定要繼續讀大學，不然，你對不起姬兒姐姐。」

「對啊！記得姬兒對我說過，你中學會考的成績不錯，西史、中史的成績是B，英文的成績是C，如果不是會考之前病發，躺了三十八日醫院，你一定可以考到更好的成績，所以，你一定能進大學，芷芫，你要努力！」

芷芫聽着，眼睛有點兒濕潤，在這之前，她還以為這個照顧她的人一點也不關心她、不在意她，豈料，她仔細看過自己寄給她的會考成績表，就連她身邊的Auntie，也記得她的會考成績。

「感謝你們，我會努力的。」芷芫朝她們大力點頭。

走出芷芫住的大廈門口，姬兒對 Aunt Jess 說：

「想不到，你是這樣關心她的，還以為，因為 Michael 的爸爸和他有外遇的事，你會有點恨她。」

Aunt Jess 搖頭。

「假如我早點知道只剩下她一個人在加拿大，她不會吃那麼多苦頭，今天，不會那麼瘦弱。」Aunt Jess 淡淡地說。

「Aunt Jess，芷芫需要溫暖。站在門外也感覺得到，她住的那間房子寒如冰窖。我感受得到，我是過來人。在還趕得及的時候，我們該多對身邊的人付出愛，珍惜自己的快樂，也珍惜可以給別人快樂的機會。」

「姬兒，這孩子常為被陌生人照顧而感到內疚，你可以叫她有空時去蛋糕屋幫忙，讓她心裏好過點，也讓她多見到你和 Michael，可以得到溫暖。」

「我該怎樣告訴 Michael 她是誰？」

「說她是你的朋友，你 Uncle 的女兒吧！」

「Aunt Jess，我對 Michael 說的每一句話都是真的，你別教我對他說謊。」

Aunt Jess 拗她不過，笑着說：「那等 Michael 回來再算吧！」

這天以後的星期日，芷芫開始到天使思凡蛋糕屋裏幫忙。

蛋糕屋快要關門的時候，來了幾個香港大學的男生，因為他們是熟客，姬兒沒有趕他們走。

調好了咖啡，姬兒叫芷芫把咖啡端給他們，芷芫卻站在水吧前動也不動，姬兒發覺她的身體顫抖得厲害。

「芷芫，你沒事嗎？」

「沒……沒有……」芷芫定過神來，拿起咖啡，朝男生的座位緩緩走去。

姬兒聽到，其中一個男生跟芷芫打招呼：「陳芷芫，是你！真巧啊！」

芷芫卻呆在那裏沒反應。

「你在這裏當兼職嗎？」

「嗯。」芷芫點頭。

「中七的功課這麼忙，你不怕影響學業嗎？」男孩問。

姬兒看見芷芫似乎不懂反應，便跑過去解圍。

「原來是芷芫的朋友。」

「我和芷芫是中學同學，我是高她三級的師兄。」男孩答。

「哦，原來重遇了一位這麼帥的師兄，怪不得讓芷芫含羞答答，答不上話來了。」

聽到姬兒這樣說，芷芫的臉紅得更厲害。

姬兒不忍心再為難她，對男孩們說：

「既然是芷芫的師兄，今天的蛋糕和咖啡由我請客，你們想吃多少便吃多少吧！」

「那我們該對漂亮的老闆娘説句謝謝了。」幾個大男孩同聲説。

「不，你們謝謝芷芫吧！我會從她的薪金裏扣回的！」姬兒説笑。

「不可以，如果要從芷芫的薪金裏扣回的話，我寧願自己掏腰包，或者乾脆不吃了。」那男孩認真起來。

「是説笑的呀！這麼一點點難道我也請不起嗎？放心吃吧！」

男孩很快便走了。當芷芫的師兄跟她道別的時候，她還是怯怯生生的。

收拾東西的時候，姬兒在芷芫的耳邊説：

「那是你喜歡過的師兄吧？」

「他……」芷芫的臉紅得像火。

「師妹暗戀師兄，很平常的呀！」姬兒笑說。

「不，不是，他……」芷芫囁嚅，久久說不出一句完整的話來。

「有什麼好難為情的，我也喜歡過兩個讀港大的男孩呀！我給其中一個拒絕過，更和另一個緊緊地擁抱過。」姬兒若無其事地說。

芷芫聽了，雙眼睜得大大的。

「那是怎樣的？」她問。

「芷芫，我們交換故事好嗎？我把我和他們的故事告訴你，你把你和剛才那個大男孩的故事告訴我好嗎？」

芷芫只是看着姬兒，沒點頭，也沒搖頭。

「兩個交換一個，對你來說很划算啊！」姬兒笑說。

看到姬兒親切的笑容，芷芫才緩緩點頭。

姬兒知道芷芫信任她。

芷芫來到人地生疏的香港，沒想過在適應上會有那麼多困難。因為她的中文不好，又不想讀國際學校，所以，在位於馬鞍山的一間學生成績不算太好的中學讀書。

因為廣東話説得不好，和同學溝通有點困難，有些同學暗地裏取笑她:「聽她説的廣東話，還以為是國內來的，誰知，她卻在我們面前講英文，扮『ABC』。」不喜歡説話的她，在學校裏被同學孤立起來。

慣了自己一個人的芷芫，也沒多理會別人對她的看法。小息時候，沒人理她，她就躲到花圃的一角，練習廣東話。

「我喜歡一個人獨來獨往。」

「我不是『ABC』，我是加拿大人。」

「我不介意你們取笑我，可是，請你們別取笑我爸媽。」

「一個人並不寂寞，我和自己做朋友。」

她總愛躲在這寂靜的角落，這樣大聲地對自己說話。

這天，她說完了這幾句話後，竟聽到身後發出聲音。

「是『獨』來『獨』往，不是『特』來『特』往。」

「是加『拿』大，不是加『尼』大。」

「是『取』笑，不是『採』笑。」

「是『寂寞』，不是『席落』。」

後面傳來的聲音一句一句地更正她的發音。

芷芫吃了一驚，當她想轉過身去看看是誰的時候，這聲音阻止她：

「別轉過身來。」

芷芫只好呆在那裏。

「感謝你糾正我的廣東話發音。」芷芫說。

「我們可以做朋友嗎？」那聲音說。

芷芫對發出這低沉聲音的男孩子有點害怕，她沒答話。

「只和聲音做朋友，不用見面，可以嗎？」

「可以。」

「我教你廣東話發音，你教我英語的發音，好嗎？」

「嗯，很好，我們用廣東話和英語來做朋友。」芷芫說。

「好啊！那麼，每天小息你來這裏，我們可以互相上十分

鐘的課。午飯的時候，你也可以來。」

「可以知道你的名字嗎？」芷芫問。

「你叫我阿恆好了。你呢？」

「我叫陳芷芫。」

「嗯，我叫你阿芫。」

就是這樣，芷芫和這陌生男孩的聲音交了朋友。

芷芫感到自己的命運充滿傳奇 —— 被一個陌生人收養，又被帶到香港來，然後，在這學校裏和一個只可以聽聲音而不可以見面的男孩做朋友。

因為芷芫每天小息時也上廣東話課，所以她的廣東話日漸變得流利了，而且她和同學的關係也有了點改善。

漸漸，不止學廣東話，她也會向阿恆請教功課，有時，甚至會傾心事。

阿恆讀中四，比她高三級。他知道芷芫在香港沒有親人，很寂寞，便時常開解她。

那年聖誕假的前一天，阿恆問芷芫：「你喜歡看聖誕燈飾嗎？」

「聖誕燈飾？」

「中環和尖沙咀有很漂亮的聖誕燈飾，同學們也喜歡去看。」

「那你去看過嗎？」芷芫問。

「前幾年看過，這兩年沒有再去了。很漂亮的，你該去看看。」

芷芫沒答話。

「沒有人陪你去嗎？」

「嗯。」芷芫點頭。

「你可以跟同學一起去呀！」阿恆說。

「我跟他們不熟。」

「那沒辦法。明天就放聖誕假了，祝你聖誕快樂！」

「你也一樣，聖誕快樂。」

芷芫從沒試過背着人說聖誕快樂，這一趟，她跟這個只和他的聲音熟悉的朋友說聖誕快樂，感覺很奇怪。

下課的時候，看見同學都高高興興地商討着聖誕節的節目，芷芫感到有點落寞。

從前，在加拿大過聖誕節都很熱鬧，就算沒有了爸媽那一年，她身邊也有要好的幾個朋友和鄰居，但今年，她什麼也沒有。

她想，這是沒有親人、沒有朋友、沒有節目、沒有禮物的一個聖誕節。

她一個人落寞地走下學校門外的斜坡。

驀地，她身後響起了腳步聲，腳步聲愈來愈近，愈來愈響。

芷芫轉過身去，看見一個短髮、高大的男孩。男孩走到她前面問她：「你是陳芷芫吧？」

芷芫點頭，她仰起頭看清楚這男孩子，可是，她並不認識他，他也不是她的同班或同級同學。

「你是阿恆？」

芷芫剛問出口，卻後悔了。她認得阿恆的聲音，這不會是阿恆。

男孩子搖頭，道：「我叫王偉業。」

「我不認識你。」芷芫訥訥地道。

雖然，這個男孩子很好看、很親切，但她真的並不認識他。

「不要緊，現在就認識了，我讀中四，是你的師兄，既是

同校同學，就該是認識的。我們可以一起走嗎？」

「嗯。」芷芫想不出理由來拒絕，「你怎會知道我叫陳芷芫？」

偉業沒想到芷芫有此一問，他怔了一怔，答：「你是新生嘛，從加拿大來的，聽同學說起過。」

「是嗎？」芷芫半信半疑。

「明天是平安夜，你有空嗎？」偉業突然問。

「平安夜？我……該是一個人過的。」

「一起去看燈飾好嗎？」

「一起去？還有誰？」

「你和我。」

「只有你和我？」

「嗯。」偉業肯定地點頭。

雖然不知道這個男孩為什麼會突然出現，也不知道他為什麼會約自己去看燈飾，可是，芷芫實在不想在香港的第一個聖誕節只有自己一個人過。

「不知道你為什麼邀約我，可是，我的確想去，我應承！」芷芫肯定地點頭。

偉業感到這個羞怯的女孩率直得有點可愛。

「那一年……」姬兒在數算。

「那一年，是 1997 年，那個聖誕節很難忘。」芷芫說。

姬兒仰起頭，猜想着芷芫和偉業共度的難忘聖誕會是怎樣的。

這天，Michael 一直很忙，但他趕及在「海鳴樓」關門前，為姬兒買音樂盒。

「海鳴樓」是一間音樂盒專門店，這間佈置得充滿維多利亞時代特色的店舖，店裏全是大大小小的各式音樂盒。

「海鳴樓」的二樓每天也會舉行古董音樂盒演奏會，擔綱演奏的音樂盒，是一座座大如古老座地鐘或如電視機般大的音樂箱。

店員告訴 Michael：「音樂盒源自荷蘭語 Orgel，這個字原指以發條或其他動力發動而自動奏樂的一切樂器，所以這些一座一座的大箱子，也算是音樂盒的一種。」Michael 聽着美妙的音樂聲由這些典雅瑰麗的瑞士製巨型音樂盒傳來。奏出來的，是三重奏的交響樂曲 *Pachelbel-Canon in D*。Michael 想不到一個音樂盒，竟可以奏出這麼複雜的三重奏。

聽完音樂，走回「海鳴樓」的底層，Michael 遇上了這店子的女主人——塚原富砂子女士。晚上，在 Michael 寫給姬兒的明信片中，他寫下了這天的經歷。

姬兒：

今天，機緣巧合之下，我竟認識了小樽著名的音樂盒店「海鳴樓」的女主人。

塚原富砂子女士十多年前隨丈夫來到他的故鄉，加入了一家生產玻璃製品的店子工作。

因為塚原女士和丈夫也很喜歡音樂盒，在 1988 年，他們和一家大公司合作在小樽開設了第一家大型音樂盒店——「小樽音樂盒堂」。

塚原女士把在小樽學到的製玻璃技術，放到生產音樂盒的外殼上，令音樂盒變成小樽的獨特產物。漸漸，小樽的音樂盒店多了起來，變成了今天以音樂盒著名的地方。

1990 年，塚原女士離開了「小樽音樂盒堂」，獨自創立了懷舊音樂盒店「海鳴樓」。

塚原女士在小樽開設音樂盒店的經驗，很值得我們參考啊！

和她談了很久，最後，我請她為我挑一個音樂盒，她拿了一個玻璃天使音樂盒給我。

天使的上身和雙翼也是以純銀製成，而下身穿的裙子則是由玻璃造成的，想不到，純銀和玻璃，竟是一個絕妙的組合。

音樂盒的樂音有如敲擊盛了水的玻璃器皿一般，清脆優美；至於樂曲，是 Ace of Base 的 *Angel Eyes*，那不是和玻璃天使很相襯嗎？你一定會喜歡的。

多想立即飛回香港，和你分享在小樽遇上的一切。

Michael

6　哀愁小丑

我買給你的小丑音樂盒，造型是一間金色尖頂的小屋子，裏面有一個小丑在月亮下打鞦韆。這個小丑的表情不是可愛或喜悅的，而是帶着一點哀愁和神秘感。

這個音樂盒的音樂是中島美雪(Miyuki Nakajima)的《我是藍鳥》，樂曲裏的淡淡哀愁，和這小丑的表情很配合。

 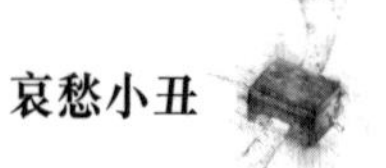

芷芫和偉業相約在尖沙咀的文化中心見面。

偉業穿了一件深藍色的呢絨長褸，令他看上去更高挑了。

芷芫覺得他這樣穿很好看，只是，如果配上一條深色的頸巾會更好。

聽同學說，高年級受歡迎又好看的男生，都有女同學為他們編織頸巾，可是，偉業的 V 領背心外面，並沒有一條人手編織的頸巾。

芷芫記得，小時候也曾經看見過母親為父親編織頸巾。

也許，為了報答偉業陪她度過這個本來寂寞的聖誕，該送一條頸巾給他。

不料，卻是偉業先送禮物給她。

「這是我們給你的聖誕禮物，祝你聖誕快樂！」

「我們？」芷芫不解。

「總之是我們吧！我有份的，你拆開來看看！」

「不，」芷芫搖頭，「到了 Boxing Day 才可以拆聖誕禮物。」

芷芫沒想到，在香港這個陌生地方過的頭一個聖誕節，竟可以收到禮物。

那晚的燈飾很漂亮，也許是第一次在香港看聖誕燈飾的緣故，相比於以後的聖誕節所看到的，芷芫總是固執地認為——1997 那年的聖誕燈飾最漂亮。

看完燈飾之後，偉業送芷芫回沙田的家。

出了火車站，還要走十五分鐘的路才能回到家。一路上，北風吹得厲害，看見芷芫衣衫單薄，偉業脫下了他那深藍色的絨大衣給她。

到了芷芫家的門口，差不多已是凌晨十二時了。芷芫把絨大衣還給偉業的時候，偉業拿出電話，按了幾個號碼，對芷芫說：「可以跟我的朋友說句聖誕快樂嗎？」

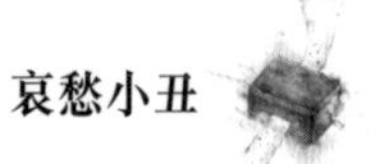

「你的朋友？是誰？」芷芫問。

「是誰也不要緊，只說一句聖誕快樂就好了。」偉業說。

芷芫拿過電話，快快樂樂地說了一句：「祝你聖誕快樂！」

雖然 12 月 25 日那天，芷芫還是一個人過，但昨晚的快樂溫暖，延續到這天，這天芷芫的心裏還是快樂滿溢的。

12 月 26 日的淩晨十二時，芷芫拆開偉業送給她的禮物，那是一本關於香港傳統、節日、假日好去處的書，芷芫想，也許偉業想她快點融入香港，做一個有歸屬感的香港人。

回到學校上課的第一天，芷芫在第一個小息就跑到花圃找阿恆。他總是比她先到，芷芫的課室在四樓，她猜想，阿恆的課室可能在二樓或者三樓。

「你這個聖誕節過得怎樣？」阿恆問她。

「這是一個快樂的聖誕節。」芷芫答。

她將平安夜和偉業一起看燈飾的事告訴阿恆。

「這就好了。」這是阿恆聽了之後的總結。

芷芫打聽過，偉業在這間學校裏是很受女同學歡迎的，他的成績好、運動也好，只是，因為太着緊讀書，他說過直到中學畢業也不會談戀愛、找女朋友，這令許多女生好生失望。

也許，這就是他頸項上沒有頸巾的原因吧！

聖誕節的個多月後是農曆新年，老師和同學們也好像很重視這個節日，芷芫在加拿大時可是對這個節日的感受不大。

同學們都把這個節日形容為該是闔家團聚、高高興興的節日，偉業送給芷芫的那本書上也是這樣說的。

可是，芷芫知道自己在這個節日裏不會是闔家團聚、高高興興的。

這個節日愈近，芷芫愈感到孤單。

一天，她問阿恆：「你家在農曆新年是熱熱鬧鬧、高高興興的嗎？」

 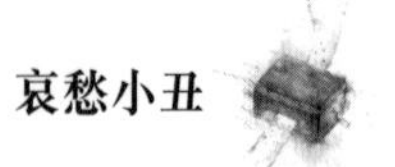

「應該是吧！我家有爸爸、媽媽、爺爺、嫲嫲和兩個哥哥，共有七個人，而且，我們有許多叔叔、嬸嬸，該是很熱鬧的吧！」阿恆答。

「我看見鄰居們都在忙碌地預備過新年，他們到街上買了許多東西，還在門口放了一盆桔，貼上了許多揮春。」芷芫說。

「這是中國人的傳統嘛！但也有許多人沒理會的，有些人更會挑在這段時間外出旅行。」

「可惜我沒錢去旅行，」芷芫嘟着嘴說，「我不喜歡這個節日，在別人都一家熱熱鬧鬧的日子裏，一個人，顯得格外冷清。」

「我也不愛熱鬧，不喜歡到處去。」阿恆說。

「可是，你留在家裏也有許多人陪伴啊！」芷芫雙眉緊蹙。

芷芫和阿恆已可說是無所不談的朋友，可是，芷芫沒告訴阿恆愈近農曆新年，她的心情愈壞的原因，是她一直為了偉業會否在這節日裏約會她而心情忐忑。

年三十晚，她聽到隔壁的門鈴不斷響起來，住在隔壁的一對年老夫婦的子女，都從四面八方趕回來吃團年飯。芷芫這天吃的，是在 7-Eleven 買來、用微波爐弄熱的薄餅。這兩天她也不太敢外出，怕遇見熱熱鬧鬧的鄰居，怕他們看見她一個人。

年初一，是電視節目陪伴她度過的，她希望可以藉此沾染到一點節日氣氛。

晚上，芷芫很早便上牀睡覺，她希望躲進被窩裏可感到一點溫暖，電話卻響起來。芷芫家的電話通常每個月只會響起一、兩次，都是她的監護人打來問她有什麼需要。

「陳芷芫？」意想不到，那是偉業。

「你是 —— 王偉業。」

「明天晚上，我帶你去看煙花好嗎？」偉業問。

「看煙花？」

「你不知道嗎？年初二晚上，在維多利亞港上有煙花匯演，熱鬧又漂亮，很有節日氣氛的，遊客都喜歡看。」

「你——沒有約其他朋友嗎？」芷芫間

「沒有，專誠和你去的。」

偉業說得不經意，可是芷芫聽了，拿着電話的雙手不停地顫抖。

年初二那天，偉業見到芷芫的第一件事，是給她兩個紅封包。

「紅封包？」芷芫訝異。

「其中一封，是我央求母親給你的。」偉業說。

「另一封呢？」芷芫問。

「另一封，是朋友央求他的媽媽給你的。」

「朋友？」

「嗯，別問這麼多，你收下吧！這是中國人的傳統。」

這是芷芫一生人第一次收到的紅封包。

接過紅封包，芷芫想：眼前這個男孩，也是她人生中第一個這麼關心自己的男孩子。

她沒想到維港上的煙花匯演是那般絢麗璀璨的。尖沙咀的人很多，她和偉業的肩膊緊靠，偉業不時用手護着她，避免她被其他人擠到。

芷芫感到，跟煙花同樣璀璨的美麗花卉，同時在她的心裏盛放着。

偉業送她回家的時候，芷芫默默地計算着 —— 聖誕節、新年，下一個節日，是情人節！

在家門外，芷芫對偉業説：「感謝你陪我去看煙花。」

「你不該感謝我，可是，和你一起的感覺也很好呀！」

偉業的話，有時令人有點莫名其妙。

年初三，店舖也還未開門營業，芷芫卻心急地到處找毛冷店買毛冷，距離情人節只有兩個星期，她要早點買到毛冷。

走了幾天，找過許多店，在年初八，她才在一個市集裏買到藍白色相間的毛冷，還有織針和幾本教編織的書。

她選了一個最複雜的圖樣，那代表着她當時同樣複雜的心情——如果，偉業不在情人節那天邀約她怎辦？難道，要自己主動找他嗎？這可不是芷芫有勇氣做的事。

看見芷芫悶悶不樂，阿恆問過她幾次原因，她也沒有將心裏的憂慮拿出來和阿恆分憂，這令阿恆無奈。

2 月 13 日，偉業沒有來過電話，也沒有出現在芷芫的面前。踏入 2 月 14 日的凌晨十二時，芷芫開始有想哭的感覺，她感到前所未有的孤單。

那天，不知道是怎麼過的，她只記得，她狠狠地把頸巾的毛冷拆了幾行線，又不忍心地補織回去。

如此拆了又補、拆掉又織，在 2 月 15 日凌晨的時候，她發現頸巾比她原想要織的長度長了近半尺。

第二天，小息的時間，阿恆一聽見芷芫的聲音，就知道她昨夜曾哭過。

阿恆沒問她為什麼哭，而當他驀然記起昨天是 2 月 14 日，他開始有點自責。

他想不出用什麼話來安慰她。

那一年香港的 2 月多雨，驀然下起大雨來，他們慌忙躲到一個細小、有蓋的花棚底下。匆忙間，芷芫記不清楚他們是怎樣背對背縮起雙腳坐下來的，她只感到從阿恆的背部傳來了溫暖與關心。

阿恆感到芷芫的背部在微微顫動，他知道她在哭。

「芷芫，對不起，我忘了昨天也是一個節日。」阿恆的聲音裏有太多的內疚。

「為什麼要說對不起？」聽得出芷芫還在啜泣。

「對不起，因為忘了送上節日的祝福，」阿恆說，「祝福你，以後的每一個節日也不會孤單，都一定會快樂。」

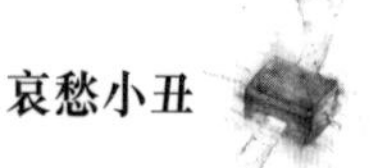

「感謝你，阿恆。」

阿恆的祝福沒有落空，這一年裏的每個節日，偉業也陪伴芷芫度過。偉業從沒對芷芫有親暱的舉動，也沒有對她表白過什麼，可是，聽同學說他從不主動約會女孩子的，而他每個節日也約芷芫出去玩，這不就是最好的表白了嗎？

偉業陪芷芫過了第二個平安夜，看過兩次煙花——芷芫暗下決心，在這一年的情人節，一定要把那條自己織的頸巾，親自掛到偉業的頸項上。

不知道是否太沉醉於對偉業的幻想，這幾個月芷芫的功課退步了，她被老師罵過幾次，幸而阿恆時常安慰她、鼓勵她。近來，因為芷芫的廣東話已說得很流利了，所以阿恆沒有再教她說廣東話，卻多了在下課後指導她各科的功課，儼如一個補習老師，只是，阿恆不會面對面授課而已。

2 月 13 日那天，芷芫已有點急不及待，但偉業還沒來電話。於是，芷芫想，每一次也是偉業邀約她的，這一次，她主動一點也沒關係。

「偉業，你明天有空嗎？」

「明天？明天有什麼事？」偉業問。

「明天也是一個節日。」

「明天是什麼節日？」

「明天是情人節。」

「情人節？」偉業有點猶豫了。

「出來見見面，可以嗎？」芷芫大着膽子問。

「好吧！」

雖然偉業應承了，可是芷芫卻感到他好像有點不願意似的。她不想胡思亂想，她已決定這一次一定要鼓起勇氣把頸巾送給他。

2 月 14 日那天，他們相約在一間餐廳見面。

有別於平常的瀟灑自如，今天的偉業好像有點不自然，那是因為餐廳裏有太多吃燭光晚餐的情侶嗎？

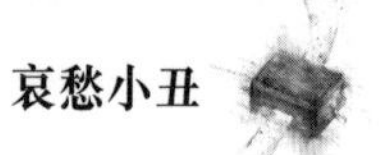

這個晚上，偉業的話不多，芷芫找不到機會從手提袋裏拿出包好了的頸巾來送給他。

乘車回家的時候，芷芫問：「如果我沒有打電話給你，你是不會在今天約會我的，是嗎？」

偉業默然。

芷芫有點失望，到了家門口，她不想讓頸巾放在家裏多一年，她鼓起勇氣從手提袋裏拿出頸巾，遞給偉業，說：「送給你的。」

「送給我的？為什麼要送禮物給我？」偉業拿過頸巾，有點猶豫。

「是這個節日的禮物，其實，在去年的今天已想給你的了。」

「是情人節禮物……，這……這……」

「你先打開來看吧！」

偉業慢慢打開包裹着頸巾的包裝紙，看見裏面是一條頸巾，有點驚訝。

「是 —— 頸巾，是你織的？」

「嗯，」芷芫點頭，「讓我為你戴上好嗎？」

沒理會偉業的反應，芷芫已拿過頸巾，踮高了腳尖，把頸巾圍在偉業的脖子上。她將頸巾在他的頸上繞了一個圈，踮起腳跟的她有點站立不穩，幾乎要倒在偉業的懷中，偉業趕緊扶住她。

他扶住她的時候，她的鼻尖碰到他的臉，她故意停下動作，讓自己冷冰冰的鼻尖感受他的溫暖。

偉業輕輕推開她，同時緩緩把頸巾除下來，遞給芷芫說：「這份禮物我不能收，該收這份禮物的人不是我。」

「不是你，該是誰？」

「總之，有一個更值得你送上這禮物的人。」偉業吞吞吐吐，這不像平常的他。

「我不管誰值得送、誰不值得送！我只想送給你，這是我在去年已編織好、在去年的今天已想送給你的！」芷芫少有的固執。

「就是因為這樣，我更不可以收。芷芫，對不起！」

偉業說完，把頸巾塞回給芷芫，頭也不回地走了。

情人節之後，那一年的聖誕節、新年，偉業也沒有再約會芷芫。

芷芫感到，這一段感情，沒有預告的來，又一聲不響的走了。

她不明白，為什麼偉業會突然出現在她面前，約會她，然後又突然不再找她，不留下一個理由。

是她做錯了什麼？還是，他愛上了另一個女孩子？

芷芫努力打聽，甚至問過偉業的同級同學、同班同學，他們都說，從沒聽過偉業有女朋友，和他最要好的，是他們「三劍俠」的其餘兩個成員。

其中一個，是和他一樣好動的陸志峰，而另一個——

說到這裏，同學都沉默下來。

他們說，偉業和志峰都處處維護這位同學，他們無論去哪裏也是三個一起的。

「他是一個怎樣的人？為什麼每一位同學說起他時都停了下來，喟然歎息？」芷芫問一位多話的師姐。

「他呀！他們『三劍俠』，從中一開始，已是學校裏的『風頭躉』，成績好，又是運動健將，三人都高大好看，可是，那一年……」師姐欲言又止。

「什麼？發生了什麼事？」芷芫問。

「那一年是1996年，那年關於我們學校所發生的事，全香港都知道。『三劍俠』中的那個男孩，就是那次意外的受害者。」

「那是什麼事？」

「你去學校的圖書館找找看吧！反正那裏必定有關於那件事的書。」師姐說。

芷芫在學校的圖書館裏搜索出那一年的報章，然後又搜索出那一年的大事。

1996 年，香港發生了兩椿大災難 —— 其一，是嘉利大廈大火；其二，是八仙嶺大火。

芷芫向圖書館的老師詢問是否有關於這兩件事的書籍，老師說：「圖書館裏有一本叫《烈火春風》的書，是關於八仙嶺大火的。」

芷芫翻開這本書的第一頁，赫然發現，這場大火的主角，就是她正就讀的這間學校的學生。

「1996 年 2 月 10 日，學校的師生一行五十四人，在名為『金腳計劃』的第三次遠足旅行中，不幸在八仙嶺的仙女山馬騮崖下被山火圍困，身為領隊的周老師為救學生而失蹤。六個政府救援部門出動共五百多人進行大規模的陸空聯合搶救行動。拯救隊在山火現場發現了三女一男共四名死者，三名女死者中，一名是女教師，兩名是女學生；另有一具男性屍體，懷疑是一名男學生。

此外，有十名學生受傷入院，其中六名因被嚴重燒傷而情況危殆。

2 月 11 日，法醫官證實在大火現場所發現的男性死者，就是失蹤的那名男教師。事件中遇難的兩位老師，在大火之中不顧一己安危，用身軀為學生隔開火舌，自己的衣衫着火了，他們還不遑撲熄，只管用僅餘的力氣，把學生推往大石上，讓他們逃生。而他們自己，卻在災難中不幸犧牲了性命。為了紀念他們捨己為人的精神，香港政府在八仙嶺上建立了『春風亭』，讓學生及市民憑弔。

2 月 20 日，其中一名重傷的女學生傷重死亡，令這次山火的死難者增至五人。

無情的山火不止令學校失去兩位好老師、三位好同學，還令在火災中被嚴重燒傷的幾位同學，承受一次又一次手術的痛苦。他們部分人在大火中被燒至面部及手腳變形，雖然經過多次的植皮手術，也不能為他們恢復容顏。在餘生中，他們要勇敢地面對手腳傷殘的事實，及旁人投來的奇異目光。」

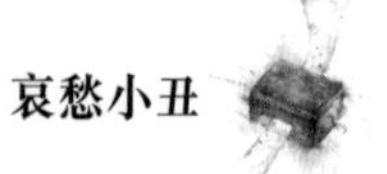

在受傷同學的名單中，芷芫發現，第一個傷者的名字是——馮亦恆。

馮亦恆，那是阿恆。

闔上書，芷芫的身體不住抖顫，彷彿有一股寒冷，從她的內心深處冒出來，不斷擴散。

在小樽這些日子，Michael 幾乎已走遍小樽的每一間音樂盒店，其中一間，他認為是頗特別的，他在那裏挑了一個音樂盒給姬兒。

那晚上，Michael 給姬兒的明信片是這樣寫的：

姬兒：

小樽市內一間最新開業的音樂盒店，店內放滿了以小丑為主題的音樂盒。

這些音樂盒是由世界著名的玩偶設計大師村井高羅(Murai Koji)所設計的。這些音樂盒裏的小丑，無論在造型和設計上都表現出小丑在快樂、繽紛背後哀愁的一面，有點與別不同。

我買給你的小丑音樂盒，造型是一間金色尖頂的小屋子，裏面有一個小丑在月亮下打鞦韆。

這個小丑的表情不是可愛或喜悅的，而是帶着一點哀愁和神秘感。

這個音樂盒的樂曲是中島美雪的《我是藍鳥》，樂曲裏的淡淡哀愁，和這小丑的表情很配合。

姬兒，帶着哀愁的小丑，你會喜歡嗎？

想念你的 Michael

7 旋轉木馬

今天為你買來的，是一個色彩繽紛的旋轉木馬音樂盒，上面每隻木馬也是不同顏色、不同設計、不同造型、不同動作的。令人驚喜的是，音樂盒的樂曲是 *Betty Blue* 電影原聲唱片裏的 *Maudits Maneges*，你一定會喜歡的，是嗎？

除了那本叫《烈火春風》的書外，芷芫還在學校圖書館裏借來另一本叫《嶺上春風》的書回家去看，兩本書同樣都是為了紀念當年八仙嶺大火而寫的。

看完兩本書後，芷芫度過了不眠的一夜，她開始明白，阿恆、偉業和自己三個人的關係，到底是怎麼的一回事。

「芷芫，那究竟是怎麼的一回事？」

姬兒難得地在芷芫講故事的過程中沒插上半句話，她在已關上門的天使思凡蛋糕屋裏，靜靜地聽芷芫把故事說到這裏。

她知道，芷芫是一隻容易受驚的蝴蝶，微風一吹，花瓣兒震顫，她就會受驚飛走。

可是，故事說到這裏，芷芫沉默了許久，姬兒是按捺不住才追問。

「姬兒姐姐，你是這樣聰明剔透的人，這還不明白嗎？」

姬兒不是不明白，她只是希望芷芫會說出不同於她猜想的答案來。

「那次之後，你還有見過阿恆嗎？」姬兒問。

「與其説見過，不如説是『聽過』吧！」芷芫説。

在中三放暑假前一天，芷芫和阿恆再相約在校園的花圃。此番再相約，芷芫感到她和阿恆之間，似乎生疏了不少，中間恍似隔了一堵牆。

她把那本叫《嶺上春風》的書遞給他。阿恆接過來，長吁一聲道：

「那是兩年多前的事了。」

「可是，你到今天還不敢見人。」芷芫大着膽子説。

「我不是不敢見人，同學們每天上堂都看見我，出院後兩

個月我已經習慣了旁人的目光。」

「那為什麼你一直都不讓我回過頭來看你？」

「那是因為，剛來學校的你是那麼戰戰兢兢、怯怯生生的，我不想讓那麼沉重的事嚇着你，讓你受驚。」

「那之後呢？」

「之後，我們成了朋友，不知道為什麼，我心裏有了一重壓力，接受不了你看見我之後的反應。」

「會有什麼反應？我不也是你的一個同學嗎？」

「我們也在樓梯間、走廊上遇上過的，只是，我別過了臉，你看不見我。」

芷芫想像阿恆在遇上她時便立即把臉別過去的情形，有點兒心酸。

「生命中就是有一些人、一些事，再勇敢的人也面對不了的。」阿恆說。

「看過許多雜誌、網頁的訪問和報道，他們都說，災難後的馮亦恆，是一個成績出眾，勇敢面對現實、百折不回的男孩子。」

「想不到我也有面對不了的事情吧？」

「阿恆，其實我已經在雜誌上看過你的照片……」

「但真的見到，又是另一回事。」

「在我心目中的馮亦恆，是最勇敢的男孩子，他勇敢面對生命裏的不平和不幸，勇敢面對殘酷的現實；不只是這樣，他還曾經想盡辦法，讓一個剛剛隻身來到香港、以為自己很不幸的女孩子，面對新的生活，給她關愛和盼望，在每個節日裏找人陪她、送她禮物，讓她在溫暖中度過了生命中最寒冷的一個冬季……」

「可是，我並沒有把事情處理得好，無意中令你受到傷害，去年二月往後的日子，你必定很難過吧？」

「的確很難過，雖然偉業沒有再出現在我身邊，可是，你不是仍常常安慰我、鼓勵我嗎？那段感情失落的日子，真的很

難過，可是，有了這一份雪中送炭的友誼，那種難過不算什麼。如今，看回去，如果那段傷痛的日子，是這段珍貴友誼必然附加的禮物的話，我仍是會欣然接受的。」

阿恒看不見，說這些話的時候，有兩行熱淚，從芷芫的臉上淌下來。

「聽到你這樣說就好了，我和偉業，還一直在內疚——」

阿恒也看不見，芷芫在聽見「偉業」這個名字的時候，身體不由自主地顫抖。

「芷芫，我們的友情還沒變樣，是嗎？」阿恒問。

阿恒雖然看不見芷芫的正面，但從斜陽下芷芫的側影中，他知道她點了頭。

雖然芷芫那天點了頭，可是，在阿恒和偉業都進了大學之後，她跟他們便很少聯絡了。

沒等姬兒把話說完，芷芫便使勁搖頭，不讓她問下去，她知道，姬兒往下說的話是：「你有沒有問過偉業，他有沒有喜歡過你？」

姬兒沒有勉強再問芷芫，可是，這個問題，一直留在她的心中。

她想，如果換了是自己，她一定會問個清楚明白，不是嗎？她至少明明白白地問過永恆三次，他為什麼不愛她，愛一個人要明明白白，被人拒絕——也該弄個明明白白，她是這樣想的。

在一個星期之後，偉業和同學再到蛋糕屋喝咖啡，因為是星期五，這天芷芫不在。

姬兒拿咖啡給他們的時候，對偉業的同學說：「一會，可不可以讓偉業單獨留下來？我有話跟他說。你們別反對，這一頓咖啡和蛋糕也是我請客，好嗎？」

同學們起哄，他們對偉業被這位漂亮的老闆娘垂青羨慕

不已。

同學們走了之後，姬兒在偉業對面坐了下來。還未等她開口，偉業便說：「是關於陳芷芫的事嗎？」

「你怎麼知道的？」姬兒吃驚。

「在這裏遇上芷芫之前，我每個星期也來光顧，但你從沒試過有話要單獨跟我說的；而且，我也不相信像你這麼漂亮的女孩子會看上我。」偉業說。

「你太妄自菲薄了。以你的外形，在大學裏一定很受女同學歡迎吧！不錯，我要跟你談的，的確是關於芷芫的事。」

姬兒向偉業簡單地說出芷芫告訴她的故事片段之後，便單刀直入地問：

「坦白說，你有沒有喜歡過她？」

「這重要嗎？」偉業瞪着眼睛問，他不明白女孩子的心理。

「嗯，至少，我認為是重要的。我想，芷芫也如此認為，只是，她不敢問。」

「喜歡她的人不該是我，一開始，我只是受朋友所託去陪她。」

「該不該是你，是一回事；你有沒有喜歡她，又是另一回事。你受朋友所託，是一回事；你自己想不想見她，又是另一回事。為什麼你這個男孩子這麼不清不楚、顧左右而言他？我要直截了當的答案！」姬兒有點咄咄逼人。

「你不明白男孩子之間的友情，我把友情看得比愛情重要，自從阿恆受傷之後，我告訴自己不可以再讓他受到任何傷害，我當然亦絕對不會讓自己成為傷害他的人！」

「你這樣再三迴避問題，相信你一定不可能是對芷芫從沒有感覺的吧？」

「我也問過自己，可是，在友情的包袱之下，我自己也沒有答案。」

「嗯，那已是最好的答案了。」姬兒不忍心再追問。

偉業離開蛋糕屋之前，轉頭對姬兒說：

「可不可以代我轉告芷芫，後天是阿恆的生日，他暑假後就要到英國升學了，她可以出來一起為他慶祝嗎？」

「嗯，我一定會代你轉告她。我也有一個提議，不如你們來天使思凡蛋糕屋為阿恆開生日會吧！一切由我來籌備，當是報答你們照顧過芷芫吧！」姬兒提議。

「好啊！阿恆該也會同意的，先謝謝你！」偉業說。

兩天之後，下午五時，姬兒就在蛋糕屋的門外掛上「休息」的紙牌，她要全力籌備阿恆的生日會。

偉業、阿恆和「三劍俠」中的另一個同學也來了。阿恆其實並不如姬兒想像中傷得那麼重，他右手的手指有點變形，臉上的輪廓也有點模糊，但他還可以展露出燦爛的笑容。

晚上九時了，還不見芷芫來，姬兒知道阿恆和偉業也有點兒失望！

當姬兒拿起電話，想打給芷芫的時候，她看見芷芫氣喘吁吁地跑進來。

「阿恆、偉業，對不起，來遲了。」

因為跑來而臉蛋變得紅撲撲的芷羌，看上去是少有的神采飛揚。

「為什麼這麼遲的？等你來一起切生日蛋糕呢！」偉業說。

「為了趕製給你們的禮物。」

「給我們的禮物？」阿恆問。

芷羌從手提袋裏拿出兩個包裹來，遞給偉業和阿恆。

兩人拆開禮物，裏面是兩條一模一樣的頸巾。

「這次請你們一定要收下，這代表我們的友誼永遠不變。」

偉業和阿恆拿着頸巾，相視而笑，齊聲說：「那謝謝你

了！」

那個晚上，幾個人玩得很開心，天使思凡蛋糕屋裏洋溢着友情的溫馨。姬兒相信，他們幾個年輕人，一定會成為天長地久的好朋友。

當「三劍俠」走了之後，芷芫和姬兒留在店裏收拾，難得地 Aunt Jess 也跑來幫忙，提議收舖之後一起去吃消夜。

姬兒和芷芫一起清潔碟子的時候，她對芷芫說：「我代你問過偉業一個問題……」

姬兒看看芷芫，芷芫一點反應也沒有。

「也許是我太多事了，可是，難道你不想知道答案嗎？」

芷芫還是沒有答話，姬兒放下碟子，轉過身去看她。

芷芫低着頭，淚水簌簌地滴在她的衣衫上、地上，她把全身的力氣用在流淚上。

「請你不要把答案告訴我……」她虛弱地、嗚咽着說。

Aunt Jess 聽到哭聲，跑過來擁住全身抖顫的芷芫。

「你怎麼把她弄哭了？她昨夜趕織頸巾，一定整夜也沒有睡吧？」Aunt Jess 對姬兒苛責，姬兒一臉歉意地站在旁邊。

她感到芷芫像 Aunt Jess 一樣，都是不想面對現實、沒有勇氣追尋真相的人。

Aunt Jess 撫着芷芫的背，安慰她，她對芷芫和姬兒說：「今天晚上，你們到我家來吧！讓芷芫睡在我的房間裏，我可以看顧她……」

芷芫抹乾淚水，默默點頭。

芷芫到了 Aunt Jess 的家裏，感到那裏有家的溫暖。

Aunt Jess 讓她們先去洗澡，又打算拿衣服給她們換。

「這是我的衣服，姬兒該合身的，可是款式太老了。芷芫比較瘦小，我的衣服她也許不合身。嗯，來吧！到這房間來找找看。」

Aunt Jess 把她們帶到一間鎖上了的房間門前。開了鎖、亮了燈，房間裏仍讓人感到陰暗，她打開衣櫃，裏面有許多年輕女性的衣衫。

「不知你們會不會介意，這些是奕之的衣服。」

在昏黃的燈光中，姬兒看見，牆上有張結婚相片，相片裏，是 Michael 和一個年輕、優雅的女子。

姬兒怔住了。

當 Aunt Jess 看見姬兒的反應時，她怪自己太大意了，忙道：「對不起，姬兒。」

「這是……」姬兒輕聲問。

「這是 Michael 死去了的太太 —— 奕之。」

姬兒沉默了，Aunt Jess 也沒有再作聲。

「我還是穿 Aunt Jess 的衣服吧！寬鬆一點的，穿來更舒服。」芷芫為了打破這難堪的沉默，對 Aunt Jess 說。

「那好吧！」Aunt Jess 歎了口氣，重新關上門。

洗澡之後，她們三個人在二樓的小客廳裏聊天。

姬兒這夜是罕有地少說話，這讓 Aunt Jess 有點不安。

「Aunt Jess，我可以看看 Michael 和奕之從前的相片，再聽你說說他們的事嗎？」

「這不是一個快樂的故事，你們會喜歡聽嗎？」

姬兒點頭說：「我想知道關於 Michael 的一切，包括快樂的、不快樂的。」

「我也樂意做聽眾，人生不是由快樂和不快樂組成的嗎？有過去的不快樂，才有今天的快樂。」芷芫說。

「那好吧！」Aunt Jess 淡然說。

這天，Michael 在「小樽音樂盒博物館」逗留了很久。

「小樽音樂盒博物館」是一棟建於明治四十五年的古老建築物，裏面放滿了各式各樣的音樂盒，四周不停地響起各種悅耳的樂音。

這裏的三樓是製造音樂盒的「體驗工房」，遊人可以在這裏挑選自己喜歡的音樂盒造型、樂曲和裝飾物，組合成一個由自己創作的音樂盒。

Michael 在給姬兒的明信片上這樣寫——

姬兒：

今天偷懶，沒有多花時間去傾談生意，卻花了兩小時在「小樽音樂盒博物館」的「體驗工房」內。

在「體驗工房」內，我可以選擇自己喜歡的音樂盒造型、樂曲和裝飾物，組合成一個由自己創作的音樂盒。

我創作了一個透明玻璃音樂盒，上面是我在「北一硝子工房」造的玻璃製品，你一定想知道那是什麼模樣的，不用急，我回來後你就會看見，一定會讓你驚喜的。

我挑選的樂曲，是 Beatles 的 *In My Life*，但店員說還沒有貨，他們說會盡快為我訂，在我離開小樽的前一天，他們一定會為我組裝好音樂盒，讓我帶回來給你。

自己造的音樂盒還未完成，所以我沒有忘記今天仍要為你買音樂盒。今天為你買來的，是一個色彩繽紛的旋轉木馬音樂盒，上面每隻木馬也是不同顏色、不同設計、不同造型、不同動作的。令人驚喜的是，音樂盒的樂曲是 *Betty Blue* 電影原聲唱片裏的 *Maudits Maneges*，你一定會喜歡的，是嗎？

每刻掛念你的 Michael

8　富良野

離開小樽之前，特地買了一個音樂盒給你，那是一個古董紙條式的音樂盒，它用上打了孔的長卡紙來啟動音樂盒內的發音組件，發出像木片琴一樣的清脆琴聲。

好一個有趣、別致的音樂盒。音樂盒的樂曲是電影《情書》的主題曲，跟小樽很配合。

「在婚紗照上，他倆的笑容很幸福，很令人羨慕啊！」芷芫說。

「對啊！自從他們認識以來，沒見過他們吵架。朋友們都說他們很相襯，他們總是盡力諒解對方，努力令對方幸福。」Aunt Jess 說。

「他們是怎樣認識的？是大學時候的同學嗎？」姬兒問。

「聽 Michael 說過，他們初次見面，是在一間 Cafe 裏的，那時，他們還在美國。」

「他們認識之後，很快就走在一起嗎？」姬兒問得仔細，關於 Michael 的一切她都想知道。

「聽 Angel 說，他們幾乎是一見鍾情的。Michael 第一次在 Cafe 裏遇上她，便一見如故，感到她很親切。Michael 幾乎是剛邂逅她，就認定她是可以廝守終身的人。在認識一年之後，他們就結婚了，那時，Michael 才二十二歲，剛大學畢業。」Aunt Jess 說。

「Angel ？」姬兒不明所指。

「奕之的英文名字是 Angel。」Aunt Jess 說。

姬兒聽了，笑了起來。

「姬兒姐姐，你笑什麼？」芷芫問。

「從前我的英文名字也叫 Angel，正確一點來說，該不是英文名字，那該是我在網上交朋友時用的假名吧！叫『Naked Angel』。」姬兒笑說。

「『Naked Angel』，真夠震撼的！」芷芫伸了伸舌頭。

「那時初到美國，無聊嘛！花了很多時間跟網上的朋友胡言亂語，改個名字叫『Naked Angel』，可引來許多狂蜂浪蝶呢！」姬兒說。

「如果姬兒姐姐把自己的相片都放上網，就必定有更多狂蜂浪蝶了。」芷芫說。

看見 Aunt Jess 沉默着，姬兒馬上收斂起笑容：「對不起，Aunt Jess，我們不該拿逝去了的人的名字來開玩笑。」

「不，不，我不說話，只是在懷緬當時的事。人都去了這麼久了，留下來的人還不可以笑嗎？」Aunt Jess 說。

「聽說，奕之姐姐是因為染上 SARS 而死的，是嗎？ Aunt Jess。」芷芫問。

「嗯，那是很大的不幸，也是當時全香港人的不幸。2003 年的 4 月，真是個災難之夏，那本來是一件喜事，卻變成了憾事。」Aunt Jess 說。

「喜事？」芷芫不明白。

「奕之有了孩子，我、Michael 和念恩都高興得不得了。」Aunt Jess 說。

「既然有了孩子，該好好保重身體才是，她是怎麼染病的？」姬兒問。

「都怪我們當時沒有極力阻止她。在奕之工作的銀行裏，有一位女同事是住在淘大花園的，她那個同事因染病而進了醫院，奕之看見她的兩個孩子沒有人照顧很可憐，就常常去她家裏照顧他們。」Aunt Jess 黯然。

「當時淘大花園那幾座有居民病發的大廈不是被隔離了的嗎？後來，居民還住進了隔離營。」姬兒說。

「奕之到同事的家裏幫忙，是 SARS 爆發初期的事，那時大家沒有多大戒心，如果早知道事情會變成這麼嚴重的話，我們一定不會讓她去的。」

「這種病傳染性那麼厲害。Michael、念恩和你也有受到感染嗎？」姬兒問。

「Michael 那陣子要到美國公幹，而奕之怕念恩在香港容易受感染，便叫 Michael 也帶她一起去；而我，也順道跟他們到美國探朋友。」Aunt Jess 說。

「那麼奕之姐姐為什麼不一起去？」芷芫問。

「她啊！是個責任心很重的人，她說在她工作的銀行裏，已因為有同事受 SARS 感染，連累許多同事也要接受隔離而不能回去上班，如果連她也走了，就沒有人工作了。而且，她那個同事病得愈來愈厲害，那是個單親母親，兩個孩子沒有人照顧怪可憐的。」Aunt Jess 感歎。

「那後來呢？」姬兒追問。

「其實，之前 Michael 已提議奕之找別人幫忙照顧同事的孩子，勸奕之一定要跟他一起到美國，可是，奕之說：『現在誰一聽到 SARS 就跑了，哪還有人肯照顧兩個孩子？』她又說，『反正我都已到過淘大，接觸過孩子們了，要受感染也已感染了吧！』誰知，一語成讖，後來，她真的受了病菌的感染。」

「當時，Michael 和你們都立即趕回來了嗎？」姬兒問。

「我們接到不幸的消息，當然立即趕回來。可是，當時奕之已被送進醫院，接受隔離了。之後，我們再沒見過她一面！」Aunt Jess 說到這裏，不禁哽咽起來。

「Aunt Jess，當時病人不是可以透過電腦用視像儀器與家人見面的嗎？聽說因為 SARS 病人受到隔離，家人不能探病，一些有心人便特別募集了一些電腦視像儀器，讓他們可以見面。」芷芫問。

「那已經是後期的事了，那時奕之已住進深切治療部，開始昏迷了。」Aunt Jess 說。

「此後，Michael 就再沒見到奕之，不能再和她通音訊了嗎？」姬兒問。

「他們通過幾次電話，最後那一次，是奕之從病房裏打來的，那時她已經幾乎不能說話，在電話那邊不住喘氣，對 Michael 說她的呼吸很困難，叫 Michael 找人救她。可是，Michael 又怎能找人救她呢？ Michael 聽了電話之後，便瘋了般的跑到醫院，求那裏的醫生醫治奕之，還打電話到電台向那些正在接受訪問的政府官員求助，可是，最後，奕之還是去了，連帶在肚裏已有五個月大的孩子也……」Aunt Jess 泣不成聲。

「他們真不幸……」芷芫說。

「對於香港人來說，她只是 SARS 二百九十九名死難者之一：可是，對於 Michael 來說，他失去了兩個至親，幾乎是他生命的全部。」Aunt Jess 強抑傷痛。

姬兒輕輕擁抱 Aunt Jess，安慰她。

「好了，你們都去睡吧！芷芫昨夜沒睡覺，今晚要早點睡，明天，我帶你們去茶樓喝茶。」Aunt Jess 說。

「Aunt Jess，今夜可以讓我留在 Michael 和奕之的房間裏嗎？」姬兒要求。

「你可以到 Michael 的房間去睡，奕之死了之後，為免睹物思人，Michael 已搬到另一個房間去。」Aunt Jess 說。

「可是，我希望留在那房間裏，感受 Michael 的感受，我看見在那房間的書櫃裏，有 Michael 中學時代的同學錄、成績表、畢業相片等東西，我可以翻來看看嗎？反正我不到深夜三、四時是不會上牀睡覺的，現在我也睡不着。」姬兒再三懇求。

「那好吧！我想，Michael 也不會反對讓你知道他的過去的。但只好看一會兒，你也該早點休息呀！」Aunt Jess 關切地道。

「謝謝你，Aunt Jess，晚安。芷芫，晚安。」姬兒對她們說。

進了房間，姬兒打開書櫃，看到 Michael 中學時代的同學錄和跟同學一起拍的相片。中學時代的 Michael，是那文質彬彬的模樣，但在運動場上，他卻又完全是一個運動健將。

姬兒發覺 Michael 很少和女同學合照，在美國那邊讀 High school 的孩子，男男女女胡天胡帝是閒事，而 Michael 當時拍的相片，卻多是參加比賽，在滑水、滑雪、賽跑時拍下的相片。

他和我是多麼的不同啊！他似乎跟奕之這種淑女型的女孩合襯一點，她才是真正的 Angel，不像自己是不羈的「Naked Angel」！姬兒這樣想。

姬兒再努力翻揭，希望能找到一些她和 Michael 的共同點，找到他們共通的地方。

她翻開 Michael 讀中學和大學時的成績單，Michael 在大學裏是一級榮譽畢業的，相比於自己，她連讀 High school 也差點畢不了業，姬兒又有點自卑，Michael 和她在生命裏沒有交接點，然而他和奕之卻是那樣相配；可是，那樣相配的兩個人，卻又那樣緣淺。

櫃最高的一格，收拾得最整齊，姬兒踮高腳跟伸手去摸索，接觸到一個冰涼的盒子。她伸長手去把盒子拿下來，那是一個純銀製的錦盒，上面刻着 ——「給我的天使」。

姬兒打開盒子，看到裏面有一疊信 —— 淺藍色的信封簇新而漂亮，恍似是一疊寫好了卻未有人看過的信，姬兒想拿出那疊信，卻躊躇着，伸出了的手又退了回來。這該是 Michael 寫給奕之的信，她該看嗎？還未經 Michael 的同意，她該尊重他的私隱才對呀！

她將錦盒放回去，卻又感到錦盒散發着魔力，在叫喚她。

姬兒決定拿出椅子來，站着攀上去，必恭必敬地再把盒子拿下來，放在面前，輕聲說：

「Michael，對不起，我要看了。其實，我也是你的 Angel 嘛！我該也可以看看的，是嗎？」

她打開第一個信封，裏面有一張同樣是淺藍色的信紙，信紙上面，密密麻麻地寫滿了非常工整的小字。

奕之：

今天是6月23日，香港已經被世衛組織在「疫區名單」上剔除了名字。其實，在昨天，香港已是連續第二十天沒有新的SARS感染個案。前天，香港首度錄得「三零」的紀錄——「零感染」、「零死亡」及「零懷疑」個案。

你還在醫院裏和我通電話的時候，叫我把電視新聞裏有關SARS的報道告訴你，更叫我為你留下剪報，你沒有只關注自己的病，也還關注全香港人。

現在，告訴你這些好消息，你一定會開心的，是嗎？

媽媽和念恩都很好，請不用掛念。

你呢？你在那邊好嗎？

奕之，是你讓我相信有天國的，我相信你會在那沒有疾病、沒有災難、沒有哭泣和淚水的國度好好生活的，是嗎？

奕之，好好照顧自己，別太想念我們，別太只顧着幫助別的天使，而忽略了自己。

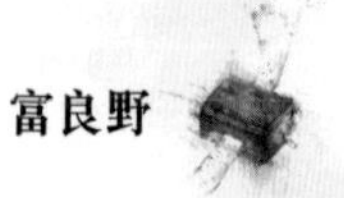

我相信，你會是天國裏最美麗、最閃亮的天使的，是嗎？

奕之，這些寄到天國的信都沒有寫地址，可是，我知道它們必定能寄到你的手中，因為你是天國裏最美麗、最閃亮的天使，每一個天使都認識你，是嗎？奕之……我想念你，我捨不得你，你在天國那方，又知道嗎？

有許多話未對你說的 Michael

接着，姬兒打開第二封信。

奕之：

今天是6月12日，告訴你一個好消息，今天香港首次出現SARS「零感染」和沒有死亡個案，這對香港人來說，是種鼓舞。

其實，在前天6月10日，香港已經連續第二十六日錄得每日少於五宗的SARS感染個案。

相信，很快，香港人便可以戰勝這個疫症。奕之，那是你保佑的緣故吧！你一定在天國裏對天父為香港人作過許多祈求、禱告，才有這個結果的。

奕之，你是天國裏最可愛、善良的天使。

到今天，全香港已有二百多人因為SARS不幸病逝，裏面包括了六位為我們犧牲的公立醫院前線醫護人員和兩位無私的私家醫生。

奕之，他們和你一樣，有無私的、捨己為人的精神，他們一定也已進到天國，和你一起，在天國的樂園裏了吧！

奕之，是你告訴我的，所有善良的人、無私的人、為他人犧牲的人，都會被天父接到天國的國度裏，那裏是一

個樂園，在樂園裏，再沒有災難、疾病、哭泣和淚水。

那是真的嗎？那為什麼香港這幾天總在下雨？那是在天國樂園裏善良的人，為我們灑下同情之淚嗎？

奕之，你和他們一樣，雖然已經身在天國的樂園裏，但還是惦念着身在人間的我們，是嗎？

奕之，我知道你是惦念我們的。念恩每天都找你，我教她向天國禱告，我知道你一定聽得到的。

奕之，好好保重，在天堂裏，好好照顧自己，放鬆自己。

好好在天國裏享樂吧！別太掛念我們。

有許多話要跟你說的 Michael

奕之：

今天告訴你的事，你一定想知道的。

4 月 19 日，淘大花園 E 座正式在 SARS 疫廈名單中除名，我把你的同事 Flora 和她的兩個孩子送回家了。

Flora 大致上已經康復，她的兩個孩子都沒有受到感染，你放心吧！

奕之，有時我不明白，為什麼 Flora 康復了，你卻不能？

為什麼 Flora 可以健健康康地從醫院裏出來，你卻不能？為什麼她的兩個孩子可以健康活潑地回家，而我們的孩子卻不能？

這一切，是為什麼？

可是，我又想到，那就是你捨己為人的精神，你為他人犧牲的精神。

奕之，你一定會叫我不要傷心，不要因此而認為上天不公平，不要因此對天堂懷疑，你一定會提醒我你說過的話：

「善良的人都會被接到天國，在那裏，再沒有災難、疾病、痛苦與眼淚。」

奕之，那是真的嗎？你真的已經在天國的樂園裏了嗎？

你在那邊生活得怎樣？會寂寞嗎？需要我去陪伴你嗎？

奕之，有太多話我還沒有對你説，自從你進了醫院後，我只跟你通過三次電話，第三次跟你通話時，你的呼吸已經很困難，只懂説透不過氣來，叫我救你。

奕之，自從患病以來，你從來沒抱怨過半句、呼求過半句，總是用最平靜的聲音叫我們放心。

可是，在最後的一次，你終於作出了呼求，你一定是在極度的痛苦與絕望之中，才對我説出這樣的話。

可是，我根本幫不了忙，甚至，連陪伴在你身邊也做不到。

奕之，那時候的你，一定很寂寞、很害怕、很絕望了。

我欠你太多關懷的話、鼓勵的話；還有，在你被送進醫院那天，我竟然沒機會對你説——我愛你，也許，因為那時我以為你很快便會回來，再跟我和念恩在一起。

這一切未說的話，我將它們寫下來，你會收到，會聽得見嗎？

奕之，我有太多未說的話了。假如，下一分鐘，我便啞掉，失掉了舌頭；假如，下一分鐘，我便失去了發聲的能力，失去了生命的氣息，我必須抓緊時間對你說上一句：「我愛你。」

有太多話想對你說的 Michael

姬兒看到這裏，才知道放在盒子最上面的，是 Michael 給奕之寫的最後的信，所以次序是 6 月 23 日、6 月 12 日、4 月 19 日，她把信的次序倒轉了來看，於是，她把盒裏全部信件都抽出來，反轉，拿出本來放在最底的一封信來看。

那邊廂，Michael 在小樽的工作已差不多完成了。這兩、三天他跟朋友到了小樽附近值得遊覽的地方，先去看看，感受一下，然後，選出最有感覺的地點，好讓他下一次帶姬兒來遊覽，他要努力地令到時會有最好的安排，帶給姬兒最難忘的旅程。

Michael 去了富良野的「富田農場」。

「富田農場」的主人認為美麗的花該是不收分文、開放給人欣賞的，農場的收入來源，主要是靠賣薰衣草相關的產品。

本來，北海道有許多栽種薰衣草的農家，可是，後來因為人工香料受歡迎，薰衣草的生意大受打擊，許多農場也放棄了種植薰衣草，唯獨「富田農場」的主人堅持對薰衣草的熱情與執著，堅持繼續種植薰衣草。直到後來，因為流行月曆中選用了薰衣草田的圖片，吸引了大批惜花的遊客前來遊覽，令「富田農場」的生意好轉，而薰衣草田也成了富良野最吸引遊人的景點。

「富田農場」有五大著名花田，分別是「花人花田」、「幸福花田」、「香水工廠前花田」、「蒸餾工廠後花田」和色彩繽紛的「彩色花田」。

Michael 獨愛有一望無際的薰衣草的「幸福花田」，坐在那裏，沐浴在花香、花色的寧謐之中，讓人有幸福的感覺。Michael 希望可以和姬兒一起來這裏，共同沐浴在這醉人的幸福之中。

「富田農場」有薰衣草香水、香皂，又有薰衣草朱古力、雪糕等商品售賣，除了雪糕之外，Michael 每樣也買了一點，帶回香港做手信。

至於送給姬兒的，除了有薰衣草香水和朱古力等禮物

外，Michael 在離開小樽去富良野之前，還特地買了一個音樂盒給她。

那夜，他寫給姬兒的明信片裏說——

姬兒：

今天我離開小樽，去富良野的「富田農場」。

那裏有一個種滿薰衣草的「幸福花田」，坐在小崗上往下看，沐浴在這花香、花色的寧謐之中，猶如沉醉在溫馨的幸福裏。

我回香港之後，一定會很快再和你來這裏，一起感受這種幸福。畢竟，沒有你在身邊，一切幸福都是虛幻的。

離開小樽之前，特地買了一個音樂盒給你，那是一個古董紙條式的音樂盒，它用上打了孔的長卡紙來啟動音樂盒內的發音組件，發出像木片琴一樣的清脆琴聲。

好一個有趣、別致的音樂盒。音樂盒的樂曲是電影《情書》的主題曲，跟小樽很配合。

很快就可以回來和你見面了。

急着回來見你的 Michael

9 閻魔堂

在離開小樽那天，才在「海鳴樓」把那座在1988年瑞士製的巨型音樂盒買下，因為它太大、太重了，所以我在離開時才帶走它。這巨型的音樂盒整個由花梨木製成，裏面有一百二十格小銅片，可以奏出如三重奏的 *Pachelbel - Canon in D*。

那是音樂盒的極致，我都帶回來給你了。

早晨的第一線陽光，已經從窗外射進來了。

看着 Michael 給奕之的信，原來不經不覺已到了早上。

姬兒揉揉眼睛，她並不累，只是，手上這最後的一封信太沉重了，她拿着信封，甚至，沒勇氣把它打開。

那是在奕之死後，Michael 寫到天國給她的第一封信，是奕之死後不久，Michael 懷着最沉重、最傷痛的心情寫的一封信。

姬兒感到，她跟 Michael 的心相連，她的心，也沉重起來，如鉛塊一樣，不斷往下墜。

她深深吸一口氣，把 Michael 在 4 月 11 日給奕之的信打開。

奕之：

這會是唯一我可以跟你說話的方法嗎？以為這信可以寄到天國給你，我是太幼稚了嗎？

是你告訴我天國的存在的，你說那裏是一個樂園，現在的你，真的身在這個樂園裏了嗎？

和你通最後一次電話的時候，你是那麼辛苦，連呼吸也困難，你在天國裏，會是喜樂、健康的嗎？

你說過：「那裏再沒有疾病、災難、痛苦與眼淚，只有喜樂與榮耀。」那是真的嗎？

我不相信，你怎可以忍心撇下我和念恩，獨自去了另一個快樂的國度，扔下我們，為你思念、愁苦？

你不會的，奕之。

那是因為你害怕我會擔心、傷心，才說的謊話吧？

雖然，你的表面是那麼堅強，總是對我們展露安詳的笑容，可是，只有我知道，你的內心，是那麼脆弱的。

你記得嗎？在十年前，我們還在美國通電郵的時候，你給我的印象，是多麼的脆弱。

你對我訴說，小時候患病，被家人扔在醫院的感受。

你對我訴說，來到美國之後，感到孤單、無助的感受。

你說：「身邊沒有人，沒有安慰、沒有問候，感覺就像一個赤裸的人。」所以，你的名字叫「Naked Angel」。那一次，約你在 Las Vegas Cafe 見面，我在 Cafe 裏等了兩小時，我絕望了。正想離開 Cafe 時，才聽到侍應叫你的名字。

我轉過頭，看見清秀、優雅的你，這跟我的想像很不一樣。我還以為你會是個不羈、任性的女孩子。

我也以為當時的你，只有十六、七歲，在給我的電郵中，你是這樣說的，可是，該沒有人會對網友說出真正的身分、年齡的吧！

你那個當侍應的朋友對你說：「Angel，那個人，失約了嗎？」

你說：「等了兩小時才記起，原來在這個區，有兩間 Las Vegas Cafe，所以，來這裏看看。」

你的朋友說：「讓我代你大叫他的名字吧！」

你難為情地說：「不要！其實和他出來見面，是很荒謬的事，他不來就算了，請你不要向人提起這件事，我也不會再提起，這是太荒謬、太尷尬的事了。我也很後悔在網上對一個陌生人說出自己的一切。」

此際，我在你的眼睛裏看見兩滴晶瑩的淚。

因此，我決定裝作不知道這一切，裝作只是餐廳裏的一個客人，去冒昧地認識你，跟你打招呼。以後，也沒有跟你提起我們曾經是網友的事。

有什麼相關呢？反正我們已在一起了。在這之前，通信的一年裏，我已對自己發誓要好好照顧你，讓你不會再受到傷害，那不是很好嗎？

到了今天，也許你已忘了，我當時作為你的網友的假名字「Peter Pan」了吧？

那時候的我，真想像小飛俠一樣，隨着電郵飛到你身邊，為你奉上安慰與鼓勵。

直至今天，我仍希望能到你身邊保護你。

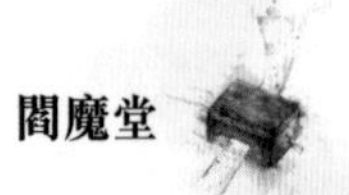

奕之，通往天國之路，可會為我打通？天國的大門，可會為我打開？

你離開之後，在留下給我的信裏，叫我別為了你太傷心，叫我早點收拾心情找一個值得我深愛的天使，找一個可以照顧念恩、為她說故事的人。

奕之，我怎能做到？

奕之，今天之後，我會常常給你寫信，你一定要收到！

自從通電郵成為朋友，我每時每刻也想給你寫信，把我的所思、所感告訴你。

奕之，你一定要讓天國使者為我們送信！

渴望和你互通音問的 Michael

姬兒合上信，拿起電話，她要告訴 Michael，她才是那個和他通了一年信的「Naked Angel」。

那次她和朋友去了 downtown 玩幾天，回家後才看到 Michael 約她在 Las Vegas Cafe 見面的電郵，可是，看到的時候已過了約定的時間兩天。

自此，她再收不到 Michael 的電郵，姬兒以為 Michael 惱了她，也放棄了和他通電郵。自此，她失去了一個承諾照顧她、支持她的朋友。

到現在，她才知道，在那一天，有兩個人，同樣約了在電郵中認識的朋友，在兩間不同的 Las Vegas Cafe 見面，可是，兩個人所約的人都沒有來，也許，這是 Michael 和奕之的緣分吧！

然而，最後自己和 Michael 又在命運安排之下，再走在一起。

她按下 Michael 所住酒店的電話號碼，可是，接線生說 Michael 不在。

拿着電話筒，姬兒有點猶豫了——奕之已經逝去了，她不該讓奕之和 Michael 的故事改寫，不該讓 Michael 對奕之的回憶發生變化。

姬兒放下電話筒，想放棄。

可是，向姬兒不該像 Aunt Jess、芷芫、Michael 一樣，不努力追尋真相，或者不敢面對現實！向姬兒從來是一個勇往直前、敢愛敢恨的人。

她決定一定要把真相告訴 Michael。Michael 在電話裏告訴過她，他快回來了，或許，等他回來之後，再告訴他吧！

此刻，天已全亮了，門外響起叩門聲。

姬兒去開門，叩門的是 Aunt Jess。

「姬兒，你昨夜沒睡好嗎？還想找你早上喝茶，看來，你還是再睡一會吧！」

「不，Aunt Jess ！我不累，我們去找芷芫吧！」

她們推開芷芫房間的門，看見芷芫還躺在牀上動也不動，似乎睡得很香。

姬兒坐到牀上，輕輕地推她：「芷芫，爛瞓豬，起牀了！」

可是，叫了許多遍，芷芫還是沒有反應。姬兒摸摸她的額頭，她的額頭燙得厲害。

「Aunt Jess，芷芫發着高燒，而且，她似乎昏迷了。」姬兒嚷。

「那快點送她進醫院，我去叫司機來，這裏離瑪嘉烈醫院很近。」

Aunt Jess 家裏的司機把芷芫扶上車，坐在車上的 Aunt Jess 焦慮不已。

「姬兒，芷芫真令人擔心，她是有肝病的。」Aunt Jess 呢喃。

「肝病……」姬兒詫異。

「是的，肝病，她媽媽也是患肝病死的。」Aunt Jess 續說。

「怪不得芷芫的身體這麼虛弱，她的病情怎樣？」姬兒問。

「還未到要換肝的地步，只是，那似乎是遲早的事了。在香港要等待有人捐出肝臟，是很渺茫的。」Aunt Jess 說。

姬兒聽了，也變得憂心忡忡起來。

她們到了瑪嘉烈醫院，芷芫很快得到醫治。

急救之後，芷芫很快便醒過來。醫生說，她只是有點感冒，加上太勞累，才會昏倒，跟她的肝病沒關係，在醫院裏留一晚觀察就可以出院。

姬兒和 Aunt Jess 舒了一口大氣。

當 Aunt Jess 在病房裏照顧芷芫的時候，坐不定的姬兒和芷芫同病房的人攀談起來。不一會，姬兒興奮地跑回來，對 Aunt Jess 說：

「來探鄰牀病人的義工說，她知道有一位中醫醫治肝病很有名的，她明天一早就會陪鄰牀的嬸嬸到元朗看病，我打算也帶芷芫跟她們去看一下，好嗎？ Auntie。」

「也好，芷芫看過許多西醫，中醫卻沒看過，帶她去試試看也是好的，明天我叫司機來接你們去吧！」Aunt Jess 說。

「不用了，我們明天跟她們去坐巴士便行，她們說這附近的麗瑤邨有巴士去那邊，不用這麼早吵醒司機光叔了，反正她們也不會想坐我們的車。」姬兒解釋。

「可是，芷芫的身體還虛弱，你帶她去坐巴士始終是不好的。」Aunt Jess 說。

「放心吧！ Auntie，鄰牀的嬸嬸也是肝病病人，她平時不也是坐巴士到處去嗎？我相信芷芫也慣於這種平民化的生活，我被 Michael 驕縱着，已很久沒乘過巴士了。放心吧！我會照顧芷芫的。」

Aunt Jess 聽了，勉強點頭。

「Auntie，你早點回去休息吧！我在這裏陪芷芫就可以

了。明天一早便去元朗，我今晚留在這裏陪芷芫。」姬兒說。

「姬兒，你昨夜沒睡好……」Aunt Jess 憂心。

「不要緊的，真的累了的話，我可以請護士小姐借一張牀給我睡。Aunt Jess，我小時候是在醫院裏過的，我明白一個人在醫院裏的冷清和恐懼，讓我留下來陪芷芫吧！」

「姬兒，感謝你代我照顧芷芫，你令我另眼相看，如今，我相信 Michael 的眼光了。」Aunt Jess 感動地說。

「那就好了，請你放心把芷芫交給我吧！」姬兒笑着說。

姬兒不知道，原來那天晚上，Michael 從日本回來，他下機之後十一時多才回到家裏，放下行李之後，想立即駕車到姬兒的家找她。

「姬兒不在家，你找不到她的。」Aunt Jess 對他說。

「那我打電話給她。」Michael 説。

「你別打給她，她該已睡了。」Aunt Jess 説。

「媽，你別這樣好嗎？你還是對姬兒有成見！」Michael 有點不滿。

「不，不，Michael，你離開香港的這幾天，姬兒都陪着我，我已相信了你的眼光，相信她會是一個好媳婦。可是，此刻，她身在醫院，該已睡了。」

「姬兒在醫院？」Michael 大驚。

「你別緊張嘛！她只是陪一個女孩子在醫院裏。待她明天和那女孩子去元朗看完醫生回來，你便可以見到她的了。」

「陪一個女孩子去看醫生？那是誰？」

「那……那是我一個過了身的朋友的女兒……」Aunt Jess 説得吞吞吐吐。

「怎麼之前沒聽你提起過？」Michael 半信半疑。

Aunt Jess 把有關芷芫的事大概告訴了 Michael，只是，略去了她是他父親的私生女一事。

「Michael，你也太累了，早點去休息吧！休息夠了，明天精精神神去見姬兒不是更好嗎？」Aunt Jess 像哄小孩似的哄 Michael。

Michael 還是不放心姬兒，他還是急着想去見她，可是，他發現念恩的房門開了，睡眼惺忪的念恩看清楚是爸爸，馬上朝他奔跑過來，擁抱他。

「爸爸，你回來了真好，你已很久沒跟念恩説故事了。」

「念恩已經十一歲了，還要爸爸説故事嗎？」

「不，一定要，爸爸離開念恩太久了，我要你補回那離開了十多晚的十多個故事！」念恩向 Michael 撒起嬌來。

「念恩已沒見你許多天了，你就遷就她一下吧！」Aunt Jess 説。

Michael 把念恩抱進房間，為念恩説故事。他心裏盤算着，明早要一早起來，去醫院找姬兒，陪她們去元朗見醫生，給姬兒一個驚喜。

Michael 在回香港的航機上，仍不忘為姬兒寫當天的明信片——

姬兒：

你一定想不到，我提早一天回來了。因為太想念你，我急不及待要回來。

此刻，我已經身在從日本回香港的航機上，這張明信片是在飛機上寫的。

在離開日本之前，我去了登別的「閻魔堂」，那是一個很特別的地方。

在登別，我們隨處可以看見駭人的惡鬼形象及圖案，因為，惡鬼是登別的象徵。

在日本，惡鬼屬於鬼神界，但他是屬於善的一面的，能為人間判別善惡。

在「登別溫泉酒店」內，有一座「閻魔堂」，裏面的閻王雕塑每天會有一次判別人間善惡的表演。

表演開始時，閻王一臉祥和，可是當他看見惡人惡事，便會馬上雙目放光，面目變得猙獰，讓惡人受惡報。

閻王的面目雖然猙獰，可是，登別的人說，閻王對善良的人，總是祥和的，他從不會讓善良的人得到惡報。

這是多麼可愛的閻魔，我們的人間，正需要有一位這樣善惡分明的閻君啊！

姬兒，我在離開小樽那天，才在「海鳴樓」把那座在 1988 年瑞士製的巨型音樂盒買下，因為它太大、太重了，所以我在離開時才帶走它。這巨型的音樂盒整個由花梨木製成，裏面有一百二十格小銅片，可以奏出如三重奏的 *Pachelbel - Canon in D*。

那是音樂盒的極致，我都帶回來給你了。

姬兒，我們很快便會見面 —— 等我。

即將和你見面的 Michael

10 海鳴樓

你知道嗎？我在「北一硝子工房」造的，是一組結婚玻璃球公仔。晶亮的玻璃球裏面，有一座用玻璃造的小教堂；在小教堂前面，有一男一女的結婚公仔，公仔的臉上有着幸福的笑容。

在「海鳴樓」的「手作工房」裏，我把這個玻璃球放在音樂盒上，製作了屬於我們兩個人的音樂盒。

你知道嗎？我為我們這個音樂盒所選的音樂，是Beatles的*In My Life*。

也許因為昨天睡得晚，也許因為這陣了太累子，Michael這天起牀時，已經是八時多了。

糟了！本來打算趕在姬兒出發乘巴士前，駕車接她們去元朗的，可是，因為太累遲了起牀而誤了時間。

他梳洗穿衣過後，步出客廳，看見Aunt Jess已起了牀，正坐在沙發上看電視，她有早起看電視新聞節目的習慣。

Michael走近她，正想向她道早安，卻看見她怔怔地看着電視熒幕，渾身哆嗦着。

Michael把視線移向電視熒幕，熒幕上正有一班人圍着一輛翻側了的巴士團團亂轉。

電視新聞報道員的旁述響起：

「今晨六時許發生的屯門公路巴士衝下山坡的車禍，至今再多一名乘客傷重死亡，令今次車禍的罹難人數增至二十二人，另有二十人受傷。

二十名傷者分別被送到附近四間醫院搶救，當中包括十男十女，年齡由九至五十四歲。其中四人情況危殆，十二人情況嚴重。

事發於今晨六時許，一輛由麗瑤邨開往元朗天水圍的雙層巴士沿屯門公路駛至汀九橋附近，與一輛貨櫃車相撞，之後再撞破防撞欄，直跌下汀九村一間村屋後面的空地。

車禍中很多傷者即場死亡，他們的屍體被停放在現場設立的臨時停屍間。死者之中，不少因為頭部和內臟重創而傷重死亡，他們許多被救出時已停止呼吸。

消防員與救護員已即時趕達現場搶救，政府飛行服務隊、直升機和民安隊亦奉召出動援助。救護員為傷者作初步包紮之後，再轉送往屯門、仁濟、瑪嘉烈和明愛四間醫院救治。」

被電視熒幕的景象嚇呆了的 Michael，回過神來之後，一言不發地衝到大門口，Aunt Jess 在他身後大叫：「Michael，Michael……」他也沒有停下來，只管直衝到停車場去取車。

在車上，他不停地打姬兒的手提電話，可是沒有人接聽。無計可施的他打電話給思凡，思凡聽了電話也吃驚起來。

Michael 先開車到離他家最近的明愛醫院打聽姬兒的消

息，醫院的急症室外一片混亂，問了許多人，查了許多遍。最後，護士告訴他沒有一名叫向姬兒的傷者被送進來。

他再驅車到瑪嘉烈醫院，查問了半小時，答案也是沒這個傷者被送來。

到了仁濟醫院，護士小姐同樣對他說沒有，她又告訴他，車禍中受傷最嚴重的傷者，會被送到離車禍現場最近的屯門醫院。

回到車上，Michael 渾身哆嗦着，他感到身體的每一個細胞也被冰雪包裹着，放在軚盤上的手，也似乎不再受控。

屯門醫院，是他最後的希望。下了車，到了醫院的門口，他的雙腳似乎不聽使喚，顯得舉步維艱了。

他在醫院裏等到下午三時許，忙亂的醫護人員中似乎沒有一個有空停下來回答他的詢問。

臨近崩潰的 Michael 抓住一個戴了口罩的醫生，懇求他為他查問一下傷者的資料，Michael 幾乎是跪下來求他，那位醫生無奈，到詢問處代他查問。二十分鐘之後，他走近 Michael，沉默地搖頭。

Michael 渾身乏力地跪倒在地上，對他說：「醫生，這已經是我最後的一個希望了！」

醫生遞給他一張小紙條，對他說：「也許，你到這裏問問吧！」

Michael 打開紙條，紙條上寫着「富山殮房」四個冰冷的字。

虛弱的 Michael 已無力再駕車，他坐上一輛計程車，軟弱無力地對司機說：「富山殮房。」

他在「富山殮房」等到晚上七時許，拿着大疊名單的職員終於走出來，許多家屬湧上前問訊。

一個個家屬，當得悉自己親人的名字在名單上時，都歇斯底里地哭叫起來。

Michael 坐在冰冷的長櫈上，始終不敢走上前問上一句。

直至家屬一個個被人扶走，拿着名單的職員便準備離開，但他卻又轉過身來朝人羣喊：

「這裏面，有沒有向姬兒的家屬？」

淚水迸發，已將他淹沒。

恍如摩西用聖杖分開了紅海，此刻的Michael，永遠與姬兒分隔開了，被淹沒在哀傷的洪流之中。

當思凡、阿東、永恆和Aunt Jess到達殮房辦事處的時候，看見的，是坐在地上、雙眼紅腫、沒有一絲反應的Michael。

Aunt Jess上前擁住他，他把母親推開了，把頭狠狠撼向牆邊，大叫：

「如果我沒有遲起牀，可以趕及開車去接她，她就不會有事……」

他們被Michael的舉動嚇呆了，Michael把頭撞向牆的轟轟聲，令他們感到恍如天崩地裂。

良久，阿東和永恆才曉得拉開Michael，Aunt Jess把身體隔在他的身體和冰冷的牆中間。

「是我不好，如果昨晚我沒有阻止你，讓你去找她就好了。」Aunt Jess 不斷呢喃。

思凡看見 Michael 的額角在淌血，便拿出紙巾來為他止血，用力緊抱他。

Michael 緊緊擁着思凡，哭叫着：「思凡，姬兒她……」

聽得出來，他的嗓音已經嘶啞。

自從那天之後，他們沒再見到 Michael。

直至一天，Aunt Jess 打電話給思凡。

「思凡，Michael 把自己關在房間裏已經四天了，念恩和我也很擔心，他不肯出來、不肯吃東西、不肯見任何人、不肯聽電話。思凡你可以來嗎？我想，他也許肯見你。」

思凡到了 Michael 的家裏，跟 Aunt Jess 談了一會，Aunt Jess 帶她到 Michael 的房門口，便走開了。

思凡聽到房間裏面，響起各種叮叮噹噹的音樂聲。

房間裏，Michael 為一個個音樂盒旋緊發條組件，一段段已經停下的樂音又再重新響起來。

房間裏響着紛雜的音樂聲——《我是藍鳥》、*Maudits Maneges*、*Pachelbel-Canon in D*、*Somewhere in Time*、*Heartwarming Time*、*I Believe*、*Angel Eyes* 的樂曲旋律交替響起……哀愁小丑、彩色摩天輪、旋轉木馬、玻璃天使等也在不停地轉動，令人眼花繚亂。

Michael 在每個睡不着的晚上，也靠不停地為這些音樂盒旋緊發條，看着音樂盒上的公仔轉動、在樂音繚繞之中度過。

他也不停地翻看他在旅途中寫給姬兒，但她卻沒機會看到的明信片。

他給姬兒的第十張明信片，是在車禍發生前一夜，他為念恩說完故事、送了她回房間之後寫的——

姬兒：

明天早上便可以見到你，今晚，也許會因為興奮而睡不着。

姬兒，我買給你的九個音樂盒是怎樣的，已對你説過了，但你知道嗎？還有第十個。

當在旅途中經過小樽的「天主教元町教堂」時，我感到這個有着圓身尖頂、窗户為哥德式建築風格的寧謐小教堂，會是我們舉行婚禮的好地方。

婚禮之後，我們還可以在對開的海邊，乘坐「藍月亮號」遊輪出海，欣賞函館海岸的景色。

姬兒，你知道嗎？我在「北一硝子工房」造的，是一組結婚玻璃球公仔。晶亮的玻璃球裏面，有一座用玻璃造的小教堂；在小教堂前面，有一男一女的結婚公仔，公仔的臉上有着幸福的笑容。

在「海鳴樓」的「手作工房」裏，我把這個玻璃球放在音樂盒上，製作了屬於我們兩個人的音樂盒。

姬兒，你知道嗎？我為我們這個音樂盒所選的音樂，是 Beatles 的 *In My Life*。

這時候，房間裏其他音樂盒都停了下來，只有 *In My Life* 的音樂單獨響起。

正想把房門推開的思凡聽到音樂，她記起，這段音樂的歌詞是——

There are places I remember all my life......
All these places had their moments.
With lovers and friends I still can recall.
Some are dead and some are living.
In my life I've loved them all.
But of these friends and lovers.
There is no one compares with you.
……
In my life I'll love you more.

思凡聽着，停在那裏，不禁滴下淚來。

她輕輕叩門，問：「Michael，我是思凡，我可以進來嗎？」

房間裏沒答話，連最後一個音樂盒的音樂聲也停止了，房間裏闃然無聲。

「Michael，你不能這樣不吃不喝，不眠不休……」

沒答話。

「你知道嗎？你這樣會讓 Aunt Jess 和念恩很擔心的……」

還是沒答話。

思凡推門進去，看見 Michael 坐在牀邊的地上，看着面前的玻璃結婚公仔音樂盒在發呆。

思凡走進去，聽到 Michael 用微弱的聲音對她說：

「思凡，原來並沒有天堂……」

思凡蹲坐在 Michael 的身邊，問：「Michael，你說什麼？」

「思凡，我聽奕之說：善良的人死了會到天國，那裏是一個樂園，那裏面再沒有災難、疾病、痛苦與眼淚。在日本，我也聽人說過，地獄裏有一位閻魔，會賞善罰惡，懲罰罪惡的人，又會保守善良的人，讓善良的人得到幸福。可是，奕之和姬兒都是這麼可愛、這麼善良的女孩子，她們卻都得不到好

報，得不到幸福。至今，我終於明白，原來並沒有天堂。」

「Michael，有的，有天堂的，只要你相信。」思凡說。

Michael 沒答話，「難道你就這樣下去，讓 Aunt Jess 和念恩擔心嗎？」思凡再說。

Michael 仍是不語。

「難道你不想知道在姬兒死前的一天，她經歷過的事情、她說過的話嗎？」

Michael 聽到這話後，眼睛射出了一點光芒。

思凡用了全身的氣力把 Michael 拉起來，跟他說：

「Michael，起來吧！我帶你去見一個人！」

思凡拉着 Michael 坐上車，由 Aunt Jess 駕車送他們到瑪麗醫院。

在病房門前，Michael 問思凡：

「你要帶我見誰？」

「一個女孩子，姬兒死了之後，把她的肝臟捐給了這個女孩子，這是她的遺願。現在，這個女孩子在手術後反應良好，你可以去見見她。」

「我為什麼要去見她？姬兒為什麼把肝臟捐給這個不相干的女孩子？」

「Michael，她不是個不相干的女孩子……」Aunt Jess 說。

「就是因為陪這個不相干的女孩子去看醫生，姬兒才會遇上不幸的，是嗎？」Michael 說着，激動起來。

「她不是個不相干的女孩，她是你的妹妹，也是這次車禍裏的其中一個傷者。」Aunt Jess 嚷。

「妹妹？」Michael 充滿疑惑。

在病房門外，Aunt Jess 把芷芫的事，以及在他離開香港之後，姬兒為芷芫和自己追尋戀情真相的事，都告訴了 Michael。

「Michael，進去看看她吧！不只因為她是你的妹妹，也因為在姬兒離去時與離去前的十多個小時，她是一直在姬兒身邊的人。」思凡扶着 Michael，勸說。

Michael 進了病房，看着躺在牀上的芷芫，凝視良久，才走上前去。

臉色蒼白的芷芫問：「你是 Michael 哥哥？」

Michael 漠然點頭。

「姬兒姐姐一直說起你⋯⋯」芷芫說。

聽到姬兒的名字，Michael 的眼睛裏才再泛起溫柔和暖意。

Michael 和 Aunt Jess 都坐到芷芫的牀邊來，這時，阿東和永恆也來了。他們來看芷芫，是因為想知道這個接受了他們好朋友所捐贈的肝臟的女孩，在接受移植手術後的情況。

他們五個人圍坐在牀邊，聽芷芫說起有關姬兒的事。

那個晚上，姬兒坐在芷芫的牀邊，跟芷芫說了許多話。

「芷芫，你知道嗎？我的童年跟你一樣，很多時候也在醫院裏過。」

芷芫聽到，吃了一驚。

「怎麼？姬兒姐姐，你也有病？」

「嗯，是白血病，後來醫好了，不知道還會不會復發⋯⋯，如果會復發的話，我把肝臟送給你。」

「姬兒姐姐，你別這樣說。」芷芫聽了感到不安。

「不，芷芫，我不害怕死亡，從小時候開始，我已與死亡為伴。嗯，讓我拿張紙寫下來，不然，一旦我遇上了什麼，Michael 和其他人便不知道我會把肝送給你了。」姬兒拉着芷芫的手說。

說完，姬兒真的找來一張紙，寫了起來。

「姬兒姐姐，你不要這樣鬧着玩嘛！很快你便可以見到 Michael 哥哥了，他知道後會罵我的！」芷芫說。

「不，他才不會罵你，他是一個溫柔的男子，我從沒見過他罵人。芷芫，你知道我見到 Michael 之後，第一件事會跟他說什麼嗎？」

芷芫搖頭。

「我會告訴他：『我是 Naked Angel，我才是 Peter Pan 的 Angel。』」

接着，姬兒將「Naked Angel」和「Peter Pan」的事、還有 Michael 誤會了奕之是她的事，都告訴了芷芫。

「姬兒是『Naked Angel』？」Michael 聽到芷芫說的話震驚得很。他狠狠地咬着嘴唇，淚水卻不聽使喚、簌簌地往下掉，恍如奔流的江河水。

待 Michael 平靜了一點，芷芫再把話往下說：

「我問姬兒姐姐，這對奕之姐姐是否不好？會不會令Michael哥哥傷心？」

姬兒答：「芷芫，我們因為沒有勇氣面對事實，沒有勇氣去追尋真相，已經損失得太多了，如果你和Aunt Jess沒有追尋真相，你們不會知道身邊曾經有那麼一個人，對自己那麼好過。我的朋友思凡和阿東，曾為了一點小誤會，因為兩個人都沒有努力去解開疑問、追尋真相，而差點令兩個本來深愛着對方的人分開；我的朋友永恆，至今也沒有勇氣弄明白一個他愛過的女孩子，為什麼不辭而別……。Michael如果有去弄清楚當時的奕之並不是真正的『Naked Angel』的話，也許，我和他早已在一起了。因為不敢追尋真相，面對現實，我們都吃過許多苦頭。這麼難得才遇上真心愛的人、值得愛的人，為什麼要為了那點點自尊、那無聊的怯懦，而沒勇氣表白清楚、弄個明明白白呢？自尊心真是那麼重要嗎？人與人之間真的那樣不可以互相信任、互相坦白嗎？對於愛，我們真的沒有勇氣去追尋、付出嗎？」

聽着芷芫複述姬兒的話，牀邊的Michael、Aunt Jess、阿東、永恆和思凡，一個個低下了頭。

「姬兒姐姐還說，人生無常，不趁人還在身邊時表白清楚，讓他知道你對他的心意，不好好地對他說一句『我愛你』的話，待人不在之後，要說什麼都已太遲了。」

Michael 聽了這話，扶着牀沿的手不住抖顫，令整張病牀也搖晃起來。

「姬兒姐姐說她在我睡着了的時候，跟和我同房的幾個病人談過話，他們的人生，都有着不同的劫難。他們之中，有些是基督徒，劫難讓他們明白到 —— 災難是磨練，是學習，是人生的功課。姬兒姐姐又說，以前，她以為天堂是在一個遙遠的地方，現在她才明白到，度過患難，經過磨練，在諸般困難、險阻、熬煉之中，還能憑着信念和愛喜樂的人，天堂，就在他們的心裏。」

眾人聽了，都深思起來。

「她也說，是朋友和 Michael 的愛，讓她學會忍耐與包容，讓她學會愛人。車禍發生之後，當昏迷的我醒來時，我發現，姬兒姐姐的身體壓在我身上，是她用身軀來保護着我，我才沒有受到重大傷害的……」說到這裏，芷芫已泣不成聲了。

在靜謐的墓園中，眾人朝墓地放下一朵朵白花，之後，姬兒的父母先離開了，Michael 把給姬兒的明信片和音樂盒都放進墓中陪伴姬兒，只剩下一個，放在她的墳前。

看見眾人因為哀傷而沉默，芷芫說：「你們放心吧！姬兒姐姐身體的一部分，還留在我的身體裏。」

思凡的手輕放在芷芫的肩膊上，柔聲說：「姬兒也在我們每個人的心裏。」

心情平復下來的 Michael 聽了說：「我相信姬兒的話，天堂，也在我們的心裏。」

「對，天堂在每一個堅強、有愛與有信念的人的心裏。」永恆說。

阿東上前輕拍 Michael 的肩膊。

Michael 走到墓前，旋緊墓前那個音樂盒的發條，音樂盒奏出 *In My Life* 的樂音。

清脆的樂音令人想起這首歌的歌詞——

There are places I remember all my life.
Though some have changed.
Some forever not for better,
some have gone and some remain.
All these places had their moments,
with lovers and friends I still can recall.
Some are dead and some are living,
in my life I've loved them all.
But of these friends and lovers,
There is no one compares with you......
And these memories lost their meaning,
when I think of love as something new.
Though I know I'll never lose affection,
For people and things that went before,
I know I'll often stop and think about them.
In my life I'll love you more,
In my life I'll love you more.